日語發音基本功

張卓宏 主編　　王義長 編寫　　朝倉浩之 審校

朝倉浩之　　末永由希 朗讀

U0116618

商務印書館

本著作物由清華大學出版社授權出版、發行中文繁體字版。

日語發音基本功

作　　者：張卓宏 主編　王義長 編寫　朝倉浩之 審校

責　　編：黃家麗　王朴真

封面設計：刁飛明

出　　版：商務印書館 (香港) 有限公司

　　　　　香港筲箕灣耀興道 3 號東滙廣場 8 樓

　　　　　http://www.commercialpress.com.hk

發　　行：香港聯合書刊物流有限公司

　　　　　香港新界大埔汀麗路 36 號中華商務印刷大廈 3 字樓

印　　刷：中華商務彩色印刷有限公司

　　　　　香港新界大埔汀麗路 36 號中華商務印刷大廈 14 字樓

版　　次：2013 年 1 月第 1 版第 1 次印刷

　　　　　© 2013 商務印書館 (香港) 有限公司

　　　　　ISBN 978 962 07 0342 3

　　　　　Printed in Hong Kong

前　言　　　　　FOREWORD

　　本次修訂在每章新增了"語吧"、"影吧"、"即時貼"等短而精的小版塊，進一步豐富了學習內容；個別章節作了增、刪、改等調整。

　　該書面向日語初學者和一切為語音、語調所困擾的日語學習者。體現啟發式的教學思想，突出實用性和交際性，注重語義、語境、語調和語流的有機結合，系統、生動地教授日語語音語調，從詞到句到日常會話綜合練習，從多種角度來幫助學習者快速有效地掌握日語語音。

　　具體來說，本教材具有以下特點：

　　1. 本書突破枯燥的學習方式，立足實用性、有效性、趣味性，內容系統全面，循序漸進。本書不僅學習日語假名的發音，對常見的語音變化、日語語調、日語漢字的讀音規律等都進行有針對性的學習，使學習者全面掌握日語語音；練習生動活潑，豐富實用，力求讓學習者能夠學以致用。

　　詞的音調在日語標準音中比較重要，本書不僅為單詞標注音調，同時在每章中介紹常用音調知識，幫助學習者培養正確的語感，循序漸進地掌握一些規律，為進一步的學習奠定良好的基礎。

　　清晰的排版，明快的色彩，優美的漫畫插圖更為您營造輕鬆的學習氛圍。

2. 音形全面掌握。許多日語學習者對記憶 50 音圖中的假名字形感到苦惱,本書利用中日文字的淵源關係幫助學習者更輕鬆地掌握字形;此外本書平假名、片假名同時學習,雙項並重,讓學習者一勞永逸地全面掌握日語假名。

3. 將語音學習與聽力、口語的綜合提高結合起來,練習豐富多樣,難度適宜。本書練習豐富,包括詞句、實用情景對話、語音比較、句型訓練等多種形式,不僅多維立體、有效、有趣地幫助您掌握日語語音,更可以綜合提高日語聽力和口語水平;上口好記的日語成語、諺語不僅訓練發音,更可以使學習者從中領略到中日文化的異同之趣。因此,本書不僅僅是一本語音書,更是聽力與口語學習的綜合性教程。

4. 本教材配有 mp3 錄音材料,由國際廣播電台日籍日語播音員朝倉浩之、末永由希示範朗讀,讓您學到地道的日語標準音。

我們希望,也相信這本書會幫助您輕鬆、全面地掌握日語語音語調,使您的聽力與口語水平更上一層樓,更會讓您感受到學習日語的樂趣。

編　者

2010 年 7 月

目　錄　*CONTENTS*

第一章
概　述

　　日語的文字和中國漢字有着很深的淵源。最初日本民族沒有文字，隋唐時期，隨着中國文字的傳入，日本民族借用漢字來記載語言，後來在漢字的基礎上創造了日語字母 —— 假名。漢字表意，假名表音，後來又出現了羅馬字。漢字、假名和羅馬字成為日語的文字，它們在實際運用中各有功能。

第一節　日語的文字

日語的文字主要包括漢字、假名和羅馬字。

漢字 (漢字)

相對於假名，漢字也稱"真名"。日語漢字有的完全借用中國漢字，包括古漢字，如：学生，怪異；有的為漢字和假名的結合，如：買う；有的則為自創漢字，如：辻。漢字廣泛用於書寫和印刷。根據 1981 年 10 月 1 日日本內閣公佈く《常用漢字表》所錄く漢字，日語的常用漢字為 1945 個。

假名 (仮名)

因為日語假名源自漢字，所以稱為假名，意為"假借的文字"。日語的假名為表音的字母，分平假名（平仮名）和片假名（片仮名）兩種，它們一一對應，有多少平假名就有多少片假名。

平假名（あ、い等）是根據漢字的草書變形而來，如：安—**あ**—あ。平假名也廣泛用於書寫和印刷。

片假名（ア、イ等）是根據漢字的偏旁部首發展而來，所以又稱"偏假名"，如：阿—阝—ア。片假名用來標記外來語、外國人名、地名、特殊詞語以及電報等，如：カー [car]。

漢字上標注發音的假名稱為振假名（振リ仮名），如：彼；寫在漢字後面的假名稱為送假名 (送リ仮名)，如：買う。

羅馬字 (ローマ字)

羅馬字（ai、u、e、o 等）也是表音的文字，主要用於電報、站牌、商標、名片、廣告、警示、略語等方面，如：SEIKO [精工]。

第二節　日語的假名與發音特點

日語的假名

　　日語的假名就是日語的字母，有注音功能，是學習日語語音的基礎。

　　日語的假名按照發音特點分為：清音、濁音、半濁音，此外還有長音、促音、撥音、拗音、拗長音、拗促音、拗撥音這樣的特殊音。這些都是我們需要掌握的。

　　清音：即我們常說的 50 音圖。

　　半濁音：在清音右上角加"。"表示，如：ぱ。

　　濁音：在清音右上角加"゛"表示，如：ば。

　　長音：長音就是把假名的元音延長一拍，平假名的長音符號為平假名"あ、い、う、え、お"，如：ああ。外來語的長音符號為"ー"，如：アー。

　　促音：用小寫的っ／ッ表示，不單獨發音，需依附在其他假名後，如：きっと，フック。

　　撥音：用ん／ン表示，不單獨發音，需依附在其他假名後，如：おん，ペン。

　　拗音：い段假名的輔音分別和"や／ヤ、ゆ／ユ、よ／ヨ"三個音相拼而成的音稱為拗音。拗音用小寫的"ゃ／ヤ，ゅ／ユ，ょ／ヨ"表示，如：ぎゃく，シャワー。此外拗音可與長音、促音、撥音組合為拗長音、拗促音、拗撥音。

　　以上各音具體如下：

◇ 五十音圖表

　　下圖為日語的五十音圖表，每格的排列分別為：平假名、片

假名、羅馬字母。平假名標注為彩色。

段 行	あ段	い段	う段	え段	お段
あ行	あ ア a	い イ i	う ウ u	え エ e	お オ o
か行	か カ ka	き キ ki	く ク ku	け ケ ke	こ コ ko
さ行	さ サ sa	し シ shi/si	す ス su	せ セ se	そ ソ so
た行	た タ ta	ち チ chi/ti	つ ツ tsu/tu	て テ te	と ト to
な行	な ナ na	に ニ ni	ぬ ヌ nu	ね ネ ne	の ノ no
は行	は ハ ha	ひ ヒ hi	ふ フ fu/hu	へ ヘ he	ほ ホ ho
ま行	ま マ ma	み ミ mi	む ム mu	め メ me	も モ mo
や行	や ヤ ya	い イ i	ゆ ユ yu	え エ e	よ ヨ yo
ら行	ら ラ ra	り リ ri	る ル ru	れ レ re	ろ ロ ro
わ行	わ ワ wa	い イ i	う ウ u	え エ e	を ヲ o/wo
撥音	ん ン n				

　　我們看到，五十音圖中有 5 個音是重複的，表中用斜體標出，此外還有一個撥音ん，除去這六個音，表中實際只有 45 個音。

　　五十音圖表的橫向稱為"行"，縱向稱為"段"。如あ行包括"あ、い、う、え、お"5 個假名；あ段包括"あ、か、さ、た、な、は、ま、や、ら、わ"10 個假名。按照行、段來記假名很重要，它們關係着日語語法的學習。學習者可以先記行、再來記段。

◇ 濁音與半濁音

　　日語中只有"か行、さ行、た行、は行"有相對應的濁音，此外"は行"還有相對應的半濁音。以下為日語的濁音、半濁音表。

　　每格的排列分別為：平假名、片假名、羅馬字母。平假名標注為彩色。

濁音	が ガ ga	ぎ ギ gi	ぐ グ gu	げ ゲ ge	ご ゴ go
	ざ ザ za	じ ジ ji/zi	ず ズ zu	ぜ ゼ ze	ぞ ゾ zo
	だ ダ da	ぢ ヂ ji/di	づ ヅ zu/du	で デ de	ど ド do
	ば バ ba	び ビ bi	ぶ ブ bu	べ ベ be	ぼ ボ bo
半濁音	ぱ パ pa	ぴ ピ pi	ぷ プ pu	ぺ ペ pe	ぽ ポ po

◇ 拗 音

日語的い段假名中除去"い"外，其他假名輔音分別與"や、ゆ、よ"相拼成為拗音，詳見下表，平假名標注為彩色。

與や相拼			與ゆ相拼			與よ相拼		
平假名	片假名	羅馬字	平假名	片假名	羅馬字	平假名	片假名	羅馬字
きゃ	キャ	kya	きゅ	キュ	kyu	きょ	キョ	kyo
ぎゃ	ギャ	gya	ぎゅ	ギュ	gyu	ぎょ	ギョ	gyo
しゃ	シャ	sya	しゅ	シュ	syu	しょ	ショ	syo
じゃ	ジャ	zya	じゅ	ジュ	zyu	じょ	ジョ	zyo
ちゃ	チャ	tya	ちゅ	チュ	tyu	ちょ	チョ	tyo
にゃ	ニャ	nya	にゅ	ニュ	nyu	にょ	ニョ	nyo
ひゃ	ヒャ	hya	ひゅ	ヒュ	hyu	ひょ	ヒョ	hyo
びゃ	ビャ	bya	びゅ	ビュ	byu	びょ	ビョ	byo
ぴゃ	ピャ	pya	ぴゅ	ピュ	pyu	ぴょ	ピョ	pyo
みゃ	ミャ	mya	みゅ	ミュ	myu	みょ	ミョ	myo
りゃ	リャ	rya	りゅ	リュ	ryu	りょ	リョ	ryo

◇ 長　音

　　日語的長音是把假名元音拉長一拍的音。長音的音長約為短音的兩倍。相對而言，沒有拉長的音稱為短音。平假名的長音符號主要是"あ、い、う"，個別為"え、お"。讀下表，練習長音：

あ段長音用 "あ"表示	い段長音用 "い"表示	う段長音用 "う"表示	え段長音用 "い"表示， 個別為"え"	お段長音用 "う"表示， 個別為"お"
ああ	いい	うう	えい, ええ	おう, おお
かあ があ	きい ぎい	くう ぐう	けい げい	こう ごう
さあ ざあ	しい じい	すう ずう	せい ぜい	そう ぞう
たあ だあ	ちい ぢい	つう づう	てい でい	とう どう
なあ	にい	ぬう	ねい	のう
はあ ばあ ぱあ	ひい びい ぴい	ふう ぶう ぷう	へい べい ぺい	ほう ぼう ぽう
まあ	みい	むう	めい	もう
やあ	いい	ゆう	えい	よう
らあ	りい	るう	れい	ろう
わあ	いい	うう	えい	一

　　片假名的長音一律用"一"表示，如：アー，イー，セー。
　　由於日語平假名的長音符號也是假名，所以初學者往往忽略這一點，把表示長音的假名也按照假名音來讀。為了幫助大家熟記長音規則，每課的平假名單詞練習中我們用下劃線標出長音，如まれい。

日語的發音特點

發音獨立。日語中除了拗音為兩個假名拼在一起外，各個假名基本都獨立發音，不像漢語拼音那樣拼在一起。初學者讀日語時可以先慢後快來適應這一特點。

音拍等長。日語各個假名不僅獨立發音，而且發音長度大致相同，就像音樂中的節拍，因此也稱為音拍。長音、撥音、促音的長度也與其他假名音一樣，各為一個音拍。一個例外就是拗音，拗音是兩個假名拼在一起讀一個音拍。初學語音時可以一邊打拍子一邊來發音，以適應日語語音的這種節拍感。

詞有音調變化。日語在日本不同地區有不同的音調，而以東京語為"標準語"，也稱"通用語"，也就是播音員或主持人講的日語，以東京音調為標準音調。本書的音調以此為標準。

東京音調的特點是單詞的發音有高低變化。漢語中高低變化發生在每個字內，而日語的高低變化發生在假名與假名之間。音調的表示方法有多種，本書採用數字法標注，如"うお ◎"表示う音低，お音高；"あおい ②"表示あ音低，お音高，い音低。具體參見第二章"音調"一節。

第二章
假名與音調（一）🎧01

あ行

平 假 名	あ	い	う	え	お
片 假 名	ア	イ	ウ	エ	オ
羅 馬 字	a	i	u	e	o

　　"あ行"的五個假名是日語的基本元音，其他音都由輔音和這5個元音相拼而成，因此掌握它們的正確發音是學好日語語音的基礎。

第一節　あ行

平 假 名：	あ	い	う	え	お
片 假 名：	ア	イ	ウ	エ	オ
羅 馬 字：	a	i	u	e	o
國 際 音 標：	[ɑ]	[i]	[ɯ]	[e]	[o]

◇ 發音與口型

あ：口張開呈橢圓形，雙唇放鬆，舌略向後縮。
　　注意：口不要張得像打哈欠那樣大哦。

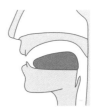

い：開口小，幾乎不張開，嘴角微向兩側展
　　開，嘴唇扁平，舌尖觸下齒，舌前面上抬
　　與硬腭構成一個狹窄的通道。

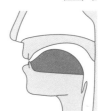

う：該音是難點。口微張，嘴型扁平，嘴角向
　　兩側微微展開，幅度比“い”小，嘴中部
　　略翹。舌後上抬接近軟腭。
　　注意：該音不要像英語的 u 那樣嘴向前突
　　　　　出成圓形。該音的音標也不是英語
　　　　　的 [u]。

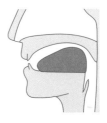

え：雙唇略向兩側展開，開口小於あ，大於
　　い，舌尖抵下齒，舌前面隆起，比"い"
　　低，舌部肌肉略微緊張。
　　注意：該音為單元音，發音時舌位、口
　　　　　型不要滑動。

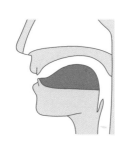

お：開口小於あ，大於う，唇略收圓，稍突
　　出一點。舌稍後縮，舌後部抬向軟腭。
　　注意：發該音時舌位、口型不要滑動。

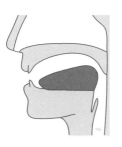

總結：日語語音的特點是：

1. 張嘴小，唇型扁，只有お音唇型略圓。練習發音時，要控制好嘴型，張口不要像漢語那樣大，圓或突出。

2. 單元音。日語的元音都是單元音，所以注意發音時舌位、口型不要滑動，以免發成 ei, ao, ou 這樣的雙元音。發音時可對着鏡子看，直到完全停止發音後再閉唇。

總的來說，日語語音比較簡單，掌握好 5 個元音後，其他音都是輔音和它們相拼而成。

◇ 字形與筆順

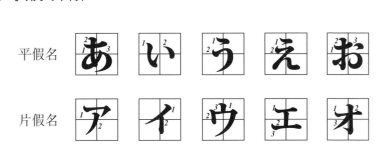

◇ 詞源巧記

日語的平假名源自漢字的草書，片假名源自漢字的偏旁，所以我們可以通過漢、日文的淵源來幫助記憶日語的假名。

平　假　名		片　假　名	
あ	安—**あ**—あ	ア	阿—ア
い	以—**ゝ**—い	イ	伊—イ
う	宇—**う**—う	ウ	宇—ウ
え	衣—**え**—え	エ	江—エ
お	於—**お**—お	オ	於—オ

語吧　　日語的敬體與簡體

敬體與簡體是日語的一個重要特點，正確區分並恰當運用它們可以使你交談得體，人氣加分哦！現在來語吧學習一下。

敬體即 "です・ます" 體；簡體即 "だ" 體，此外還有簡體書面體 "である" 體。

1. 敬體（です・ます）在口語中用於社交和公眾場合，如客氣的會話、廣播，或對長輩和上級等，用敬體交談是禮貌得體的表現，很重要哦！書面上，敬體主要用於書信。2. 簡體（だ・基本形）在口語多用於對下級和晚輩，或親朋好友等關係密切的人的交談；書面上，廣泛用於書報刊、公文、日記等文中。3. 簡體（である）常用於學術報告、論文中。

青い魚 (藍色的魚)

青い家 (藍色的房子)

◇ 平假名單詞練習

讀下列單詞，注意讀音和音調，長音標注下劃線。

あ

あい	［愛］	①	愛
あう	［会う］	①	會見
ああ		①	哎呀

い

いう	［言う］	◎	説
いい	［良い］	①	好，可以
いいあう	［言い合う］	③	交談，爭論

う

うえ	［上］	◎	上面，上方
うお	［魚］	◎	魚
うい		①	憂鬱

え

え	［絵］	①	畫
いえ	［家］	②	房子，家
えい		①	哎呀

お

お	［尾］	①	尾巴
おい	［甥］	◎	姪，外甥
あお	［青］	①	藍色，青色

あおあお　　［青々］　③　　　　　綠油油
あおい　　　［青い］　②　　　　　藍色的，青色的
<u>おう</u>　　　　［王］　　①　　　　　國王，王子

即時貼

　　日語語音的特點是各個假名獨立發音，而不是拼在一起。所以，不要把"あい"連讀，而是分別讀為"あい"。

◇ **短語練習**

うお　お
魚の尾（魚尾巴）

うお　え
魚の絵（魚的畫）

おい　いえ
甥の家（外甥的家）

おい　え
甥の絵（外甥的畫）

諺語：

うえ　　　うえ
上には上がある（人上有人，天外有天）

◇片假名單詞練習

讀下列單詞，注意讀音和音調。

ア

アート	[art]	①	藝術，美術
アジア	[Aisa]	①	亞洲

イ

イージー	[easy]	①	容易的
インキ	[ink]	◎	墨水

ウ

ウール	[wool]	①	羊毛
アウト	[out]	①	外面

エ

エア	[air]	①	空氣，大氣
エーカー	[acre]	①	英畝

オ

オイル	[oil]	①	油，石油
オーケー	[OK]	①	行，可以

即時貼

外來語中，"ー"表示長音。

◇ 句子練習

聽說下列句子，注意讀音和語調。

1. 愛してる 。　　　　　　　　　我愛你。

2. 海は青いです。　　　　　　　大海是藍色的。

3. これは良い魚です。　　　　　這是不錯的魚。

4. 家で甥と会います。　　　　　在家裏和外甥見面。

5. 家に絵をかけています。　　　正在家裏掛畫。

6. 甥の絵は良いです。　　　　　外甥的畫很好。

7. ああ、おいしい。　　　　　　哎呀，真好吃。

8.　甲：これは何。

　　　　這是甚麼？

　　乙：魚です。

　　　　是魚。

9.　甲：この人は誰ですか。

　　　　這個人是誰？

　　乙：甥です。

　　　　是我外甥。

10.　甲：王さんの絵は良い
　　　　　ですね。
　　　　　小王的畫很好啊。

　　　乙：ええ、そうです。
　　　　　嗯，是這樣的。

◇ 綜合練習

1. 書寫練習。寫出與平假名對應的片假名。

うえ＿＿＿＿＿　あう＿＿＿＿＿　あお＿＿＿＿＿　いう＿＿＿＿＿

寫出與片假名對應的平假名。

ア＿＿＿＿　イ＿＿＿＿　ウ＿＿＿＿　エ＿＿＿＿　オ＿＿＿＿

2. 辨音練習。比較練習以下長短音。

あ	①	喂
ああ	①	哎呀

い	［意］	①	心意
いい	［良い］	①	好

いえ	［家］	②	房子
いいえ		③	不是

え	［絵］	①	畫
えい		①	哎呀
ええ		①	是

お	［尾］	①	尾巴
おう	［王］	①	王

おい	［甥］	◎	姪，外甥
おおい	［多い］	②	多的

3. 聽寫練習。聽錄音，把括號內缺少的平假名寫在橫線上。

① 行く。　　　　　　　去。　　　　　　　＿＿＿＿＿＿＿＿＿＿

② 上へ 行く。　　　　去上面。　　　　　＿＿＿＿＿＿＿＿＿＿

③ 起きる。　　　　　　起牀。　　　　　　＿＿＿＿＿＿＿＿＿＿

④ 終わる。　　　　　　結束。　　　　　　＿＿＿＿＿＿＿＿＿＿

⑤ 家を 空ける。　　　騰出房子。　　　　＿＿＿＿＿＿＿＿＿＿

⑥ 絵を 売る。　　　　賣畫。　　　　　　＿＿＿＿＿＿＿＿＿＿

◇ 句型練習

用替換詞替換句中的劃線詞。

| 家(房子) | 机(桌子) | いす (椅子) | 石(石頭) |

甲：あれは日本語で何といいますか。

那個用日語怎麼説？

乙：「絵」といいます。

叫做"畫"。

即時貼

と，助詞，表示思考、稱謂、引用、發言的內容。

第二節　音調

　　日語詞在日本不同地區有不同的音調，而日語以東京語為"標準語"，也稱"通用語"，也就是播音員或主持人講的日語，以東京音調為標準音調。本書的音調以此為標準。

　　東京音調的特點是單詞的發音有高低變化。漢語中高低變化發生在每個字中，而日語的高低變化發生在假名與假名之間。

　　音調的表示方法有多種，通常用數字標注法來標注，如◎①②③④⑤等，具體含義如下：

　　1. ◎表示第一個音拍低，後面音拍高，即"低高高……"。如：

　　　うお ◎ [ｳ^お]　　いがい ◎ [ｨがい]

　　2. ①表示第一個音拍高，後面的音拍低，即"高低低……"。如：

　　　いか ① [^いか]　　かいが ① [^かいが]

　　3. ②③④⑤……表示第一個音拍低，其中，②表示第二個音拍高，第二個之後的音拍又降低，即"低高低……"，如果只有兩個音拍，則為"低高"；③表示第二、三個音拍高，第三個之後的音拍都低；④表示第二到第四個音拍高，其後的音拍低；⑤表示第二到第五個音拍高，其後的音拍低，以此類推。如：

　　　うえ ② [ｳ^え]　　　　あおい ② [ｧ^{おい}]

　　　あいて ③ [ｧ^{いて}]　　　あしおし ③ [ｧ^{しお}し]

　　　あのかた ④ [ｧ^{のかた}]　あたたかい ④ [ｧ^{たたか}い]

　　綜上，可以總結出日語東京標準音調的幾點規律：

　　1. 一個單詞中，第一個音拍和第二個音拍音調相反。

　　2. 一個單詞中，從低音升到高音，從高音降到低音都只有一次。

◇ 比較練習

不同的音調會影響詞義。比較聽讀下列單詞，注意不同的音調的讀法。

うえ［上］　　◎　上面　　　おう［追う］◎　追趕
うえ［飢え］　①　飢餓　　　おう［王］　　①　國王

いか［医科］　◎　醫科　　　かき［柿］　　◎　柿子
いか［以下］　①　以後　　　かき［火気］　①　煙火

いさい［委細］①　詳情　　　たかい［高い］②　高的
いさい［異彩］◎　異彩　　　たかい［他界］◎　逝世

あか［赤］　　①　紅色　　　あき［秋］　　①　秋天
あか［垢］　　②　污垢　　　あき［飽き］　②　厭煩

影吧　　『東京ラブーストーリー』《東京愛情故事》：莉香（リカ）和完治（かんじ）互相表達愛意。

リカ：愛してるって言って。	（你説“我愛你”。）	①
完治：愛してる。	（我愛你。）	②
リカ：名前付けて言って。	（連名字一起説。）	③
完治：愛してる、リカ。	（我愛你，莉香。）	④
リカ：愛してる、かンチ。	（我也愛你，丸子。）	⑤

答疑：第3句，“言”前的て，助詞，連接兩個動詞表示先後關係，て前的動詞使用連用形，如“付け”是“付ける”的連用形；言って，て後省略ください，言う使用音便形：言っ。第5句，かンチ，莉香對完治的暱稱。

第三章

假名與音調（二）🎧 02

か行

平 假 名	か	き	く	け	こ
片 假 名	カ	キ	ク	ケ	コ
羅 馬 字	ka	ki	ku	ke	ko

が行

平 假 名	が	ぎ	ぐ	げ	ご
片 假 名	ガ	ギ	グ	ゲ	ゴ
羅 馬 字	ga	gi	gu	ge	go

第一節　か行

平 假 名：	か	き	く	け	こ
片 假 名：	カ	キ	ク	ケ	コ
羅 馬 字：	ka	ki	ku	ke	ko
國際音標：	[kɑ]	[ki]	[kɯ]	[ke]	[ko]

◇ 發音與口型

　　か行五個假名由清輔音 [k] 分別與元音 [ɑ]、[i]、[ɯ]、[e]、[o] 相拼而成。

[k]：舌後隆起頂住軟腭，封住聲道，然
　　　後舌後突然離開，氣流衝出口腔發
　　　音，像爆破一樣。聲帶不振動。該
　　　音同英語的 [k]。
　　　注意：[k] 與元音 [o] 相拼時口型不
　　　　　　要滑動。

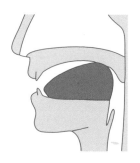

◇ 字形與筆順

平假名					
片假名					

◇ 詞源巧記

平　假　名		片　假　名	
か	加―か―か	カ	加―カ
き	幾―き―き	キ	幾―キ
く	久―く―く	ク	久―ク
け	計―け―け	ケ	氣―ケ
こ	己―こ―こ	コ	己―コ

語咒　　體言謂語句（肯定式）的敬體與簡體

敬體：…です及其活用（でした、でしょう等）
簡體：…だ及其活用（だった、だろう等）

① ここは駅<ruby>駅<rt>えき</rt></ruby>です。　　這裏是車站。　　　　　　（敬體）

② ここは駅でした。　　這裏以前是車站。　　　（敬體過去式）

③ ここは駅でしょう。　　這裏大概是車站吧。　　（敬體推量式）

④ ここは駅だ。　　這裏是車站。　　　　　　（簡體）

⑤ ここは駅だった。　　這裏以前是車站。　　　（簡體過去式）

⑥ ここは駅だろう。　　這裏大概是車站吧。　　（簡體推量式）

<ruby>赤<rt>あか</rt></ruby>い<ruby>秋<rt>あき</rt></ruby>（紅色的秋天）

◇ 平假名單詞練習

讀下列單詞，注意讀音和音調，長音標注下劃線。

か

かい［会］	①	會議
かう［買う］	◎	買
かお［顔］	◎	面孔
おか<u>あ</u>さん［お母さん］	②	媽媽

き

きあい［気合］	◎	呼吸
きおく［記憶］	◎	記憶力
<u>おお</u> きい［大きい］	③	大的

く

くい［悔い］	①	後悔
くいき［区域］	①	區域
<u>くう</u>き［空気］	①	空氣

け

けう［稀有］	①	稀有
<u>けい</u>き［景気］	◎	景氣
<u>けい えい</u>［経営］	◎	經營
<u>けい</u>かく［計画］	◎	計劃

こ

こえ［声］	①	聲音

こうい［行為］　①　　　　　行為
こうこく［広告］◎　　　　　廣告
こう こう［高校］◎　　　　　高中

即 ^時貼

　　當か行假名出現在非詞頭的位置時，輔音 [k] 習慣上讀作不送氣音，尤以"か、こ"最為明顯。需要注意的是不送氣的輔音不是濁輔音，濁輔音聲帶振動，不送氣音聲帶不振動，可以理解為輕微的濁輔音。

　　是否讀送氣音不影響詞義，只是讀音方便好聽。

單詞練習

きかい　［機会］②　　　　　機會
かかく　［価格］◎　　　　　價格
かき　　［柿］　◎　　　　　柿子
かく　　　　　　①　　　　　畫
きく　　［聴く］◎　　　　　聽
かけい　［家計］◎　　　　　家庭經濟
ここ　　　　　　◎　　　　　這裏
かいこ　［回顧］①　　　　　回顧

<ruby>王<rt>おう</rt></ruby>さんてすか。是小王嗎？

　　注意：一些由兩個詞組成的複合詞中，如果か行假名為另一個詞的詞頭，即使在詞中，也讀送氣音。如"こうこう (高中)"中的第二個"こ"讀送氣音。

◇ 短語練習

いい計画（けいかく）　（好計劃）　　いい柿（かき）　　　（好柿子）

柿をかう（かき）　　（買柿子）　　木をかう（き）　　　（買樹）

赤い尾（あか）（お）　　（紅色的尾巴）　赤い鯉（あか）（こい）　　（紅色的鯉魚）

絵をかく（え）　　　（畫畫）　　柿の絵をかく（かき）（え）（畫柿子的畫）

諺語：

蛙の子は蛙（かえる）（こ）（かえる）（有其父必有其子）

◇ 片假名單詞練習

讀下列單詞，注意讀音和音調。

カ

カー	[car]	①	汽車
カカオ	[cacao]	①	可可樹
カード	[card]	①	卡片，紙牌

キ

キー	[key]	①	鑰匙；關鍵
キス	[kiss]	①	親吻
キーパー	[keeper]	①	（足球等）守門員

ク

| クイーン | [queen] | ② | 皇后，女王 |
| クーラー | [cooler] | ① | 空調 |

ケ

| ケーキ | [cake] | ① | 蛋糕 |
| オーケー | [OK] | ① | 同意；好的；沒問題 |

コ

コカ・コーラ	[coca-cola]	③	可口可樂
コート	[coat]	①	大衣
コーヒー	[coffee]	③	咖啡

◇ 句子練習

聽說下列句子，注意讀音和語調。

1. ケーキが美味しい。　　　　　蛋糕很好吃。

2. 声が大きい。　　　　　　　　聲音大。

3. 景気がいいです。　　　　　　商情很好。

4. カーを買いました。　　　　　買了汽車。

5. 駅はここです。　　　　　　　車站在這裏。

6. これはいい計画です。　　　　這是個好計劃。

7. この机は赤い。　　　　　　　這張桌子是紅色的。

8. 甲：明日何をしますか。
　　　你明天要去幹甚麼？

　　乙：会に参加します。
　　　去參加會議。

◇ 綜合練習

1. 書寫練習。寫出與平假名對應的片假名。

かく＿＿＿＿　きおく＿＿＿＿　こえ＿＿＿＿　け＿＿＿＿

寫出與片假名對應的平假名。

カ＿＿＿＿　キク＿＿＿＿　ケ＿＿＿＿　ココ＿＿＿＿

2. 辨音練習。 比較練習以下長短音。

| く | ［九］ | ① | 九 | かく | ［画］ | ◎ | 筆畫 |
| くう | ［食う］ | ① | 吃 | かくう | ［架空］ | ◎ | 架空 |

| こえ | ［声］ | ① | 聲音 | ここ | | ◎ | 這裏 |
| こうえい | ［光栄］ | ◎ | 光榮 | こうこう | ［高校］ | ◎ | 高中 |

| き | ［気］ | ① | 精神 | け | ［気］ | ① | 情況 |
| キー | ［key］ | ① | 鑰匙 | けい | ［兄］ | ① | 貴兄 |

送氣音與不送氣音比較練習。

| かい | ［会］ | ① | 聚會 | かう | ［買う］ | ◎ | 買 |
| いか | ［以下］ | ① | 以下 | うかい | ［迂回］ | ◎ | 迂迴 |

| くき | ［茎］ | ② | 莖 | かけい | ［家計］ | ◎ | 家庭經濟 |
| きく | ［聴く］ | ◎ | 聽 | けいか | ［経過］ | ◎ | 經過 |

| こうい | ［行為］ | ① | 行為 | こえ | ［声］ | ① | 聲音 |
| いこう | ［以降］ | ① | 以後 | ここ | | ◎ | 這裏 |

3. 聽寫練習。聽錄音，把括號內缺少的平假名寫在橫線上。

① 顔に合います。　　　　衣服穿着合適。　　＿＿＿＿＿＿

② 絵を（　）ます。　　　畫畫。　　　　　　＿＿＿＿＿＿

③ 声をかけます。　　　　打招呼。　　　　　＿＿＿＿＿＿

④ 電気を消します。　　　關上電燈。　　　　＿＿＿＿＿＿

⑤ 家に帰ります。　　　　回家。　　　　　　＿＿＿＿＿＿

⑥ 明るい色です。　　　　亮色。　　　　　　＿＿＿＿＿＿

⑦ 講義をききます。　　　聽課。　　　　　　＿＿＿＿＿＿

⑧ 駅はここです。　　　　車站在這裏。　　　＿＿＿＿＿＿

◇ 句型練習

用替換詞替換句中的劃線詞。

キー（鑰匙）	傘^{かさ}（傘）
櫛^{くし}（梳子）	時計^{とけい}（鐘錶）

> 甲：あなたの<u>カー</u>はこれですか、それですか。
> 　　你的車是這個還是那個？
> 乙：これです。
> 　　是這個。

即時貼

　　これ（近稱，這個），それ（中稱，這個、那個），あれ（遠稱，那個），どれ（不定稱，哪個）。

第二節　が行

平 假 名：	が	ぎ	ぐ	げ	ご
片 假 名：	ガ	ギ	グ	ゲ	ゴ
羅 馬 字：	ga	gi	gu	ge	go
國際音標：	[gɑ]	[gi]	[gɯ]	[ge]	[go]

◇ 發音與口型

　　が行五個假名由濁輔音 [g] 分別與 [ɑ]、[i]、[ɯ]、[e]、[o]
相拼。[g] 的發音部位和方法同 [k]，區別在於發 [g] 時聲帶振
動。

◇ 字形與筆順

　　濁音的寫法：在對應的清音右上角標上濁音符號" ゛"。

平假名					
片假名					

◇ 平假名單詞練習

讀下列單詞，注意讀音和音調，長音標注下劃線。

が

がいか	［外貨］	①	外匯，外幣
がいこく	［外国］	◎	外國
かいがい	［海外］	①	海外，國外
がけ	［崖］	◎	懸崖

ぎ

ぎかい	［議会］	①	議會
ぎが	［戯画］	①	漫畫
かぎ	［鍵］	②	鑰匙

ぐ

ぐあい	［具合］	◎	狀況；方便（與否）
あえぐ	［喘ぐ］	②	喘
かぐう	［仮寓］	◎	臨時寓所

げ

げき	［劇］	①	劇，戲
げい	［芸］	①	表演藝術
げいいき	［芸域］	◎	技藝範圍

ご

ごい	［語意］	①	詞義
ごうごう	［囂囂］	◎	喧囂

えいご　　［英語］◎　　　　　　　英語
かご　　　［籠］　　◎　　　　　　籠子

即時貼

　　が行假名位於詞中、詞尾時，按照東京音，濁輔音 [g] 讀
成鼻濁音。助詞が在句中時也讀鼻濁音。

　　濁輔音 [g] 與鼻濁音的區別為：發 [g] 音時，舌後部離開
軟腭，放開阻塞，氣流從口腔衝出發音。而發鼻濁音時，舌後部
放開阻塞後，氣流從鼻腔、口腔同時流出發音。

單詞練習

かがく　　［科学］　①　　　　　　科學
えいが　　［映画］　①　　　　　　電影
かぎ　　　［鍵］　　②　　　　　　鑰匙
かいぎ　　［会議］　①③　　　　　會議
かぐ　　　［家具］　①　　　　　　傢具
かぐう　　［仮寓］　◎　　　　　　臨時寓所
かげき　　［歌劇］　①　　　　　　歌劇
こかげ　　［木陰］　◎　　　　　　樹蔭
ごご　　　［午後］　①　　　　　　下午
えいご　　［英語］　◎　　　　　　英語

かいぎ
会議があります。有會議。

　　外來語、擬聲擬態詞、數詞中的が行假名即使出現在非詞頭
位置，也不讀鼻濁音，只讀成濁音。

◇ 短語練習

籠を買う　　　　（買籠子）　　家具を買う　　　（買傢具）

鍵を開ける　　　（開鎖）　　　鍵をかける　　　（上鎖）

外貨に換える　　（換成外幣）　価格が上がる　　（漲價）

劇を見る　　　　（看戲）　　　映画を見る　　　（看電影）

諺語：

芸は身を助く　（藝不壓人，藝能養身）

◇ 片假名單詞練習

讀下列單詞，注意讀音和音調。

ガ

ガス	[gas] ①	氣體；煤氣
ガード	[guard] ①	警衛
ガロン	[gallon] ①	加侖 [液體容積單位]

ギ

ギター	[guitar] ①	結他
ギア	[gear] ①	齒輪

グ

グラス	[glass] ①	玻璃杯
グラフ	[graph] ①	圖表
グリーン	[green] ②	綠色；草地

ゲ

ゲート	[gate] ①	大門
ゲーム	[game] ①	遊戲
ゲスト	[guest] ①	賓客

ゴ

ゴム	[荷 gom] ①	橡膠
エゴ	[ego] ①	自私

◇ 句子練習

聽說下列句子，注意讀音和語調。

1. 体の具合が悪いです。　　　　　身體狀況不太好。

2. 子供がゲームをします。　　　　小孩做遊戲。

3. 王さんがギターを弾きます。　　小王彈結他。

4. すぐ帰ります。　　　　　　　　馬上回去。

5. 外国に行きます。　　　　　　　到外國去。

6. 家具を買います。　　　　　　　買傢具。

7. 午後劇を見ます。　　　　　　　下午去看戲。

8. 甲： 何か外国語ができます
　　　 か。
　　　 你會講哪種外語？

　　乙： 英語ができます。
　　　　我會說英語。

◇ 綜合練習

1. 書寫練習。寫出與平假名對應的片假名。

がいか_____ かぐ_____ きげき_____ ごぎ_____

寫出與片假名對應的平假名。

ガカ____ カイギ____ グアイ____ エイゴ____ ゲ____

2. 辨音練習。比較練習以下長短音。

$\begin{bmatrix} ご & ［語］① 語言 \\ ごう & ［号］① 號碼 \end{bmatrix}$　$\begin{bmatrix} かご & ［駕籠］　◎ 轎子 \\ かごう & ［化合］◎ 化合 \end{bmatrix}$

$\begin{bmatrix} かぐ & ［嗅ぐ］◎ 聞 \\ かぐう & ［仮寓］◎ 臨時寓所 \end{bmatrix}$　$\begin{bmatrix} げ & ［下］　① 下等 \\ げい & ［芸］① 技術 \end{bmatrix}$

清濁音比較練習。

$\begin{bmatrix} かけ & ［賭］② 打賭 \\ がけ & ［崖］◎ 懸崖 \end{bmatrix}$　$\begin{bmatrix} かく & ［書く］① 寫 \\ がく & ［学］　① 學問 \end{bmatrix}$

$\begin{bmatrix} きかい & ［機会］② 機會 \\ ぎかい & ［議会］① 議會 \end{bmatrix}$　$\begin{bmatrix} きこう & ［帰航］◎ 歸航 \\ ぎこう & ［技巧］◎ 技巧 \end{bmatrix}$

$\begin{bmatrix} く & ［苦］① 苦味 \\ ぐ & ［愚］① 愚蠢 \end{bmatrix}$　$\begin{bmatrix} くび & ［首］　◎ 頸，脖子 \\ ぐび & ［具備］① 具備 \end{bmatrix}$

$\begin{cases} けい［兄］① 貴兄 \\ げい［芸］① 技術 \end{cases}$　$\begin{cases} けいがい［形骸］◎ 形骸 \\ げいかい［芸界］◎ 文藝界 \end{cases}$

$\begin{cases} こい［故意］① 故意 \\ ごい［語意］① 詞義 \end{cases}$　$\begin{cases} こうか［高架］① 高架 \\ ごうか［豪華］① 豪華 \end{cases}$

濁音、鼻濁音比較練習。

$\begin{cases} がく　［学］　① 學問 \\ くがく［苦学］① 苦學 \end{cases}$　$\begin{cases} ぎかい［議会］① 議會 \\ かぎ　［鍵］　② 鑰匙 \end{cases}$

$\begin{cases} ぐ　［愚］　① 愚蠢 \\ かぐ［家具］① 傢具 \end{cases}$　$\begin{cases} げか［外科］◎ 外科 \\ かげ［影］　① 影子 \end{cases}$

$\begin{cases} ごい［語意］① 詞義 \\ いご［以後］① 以後 \end{cases}$　$\begin{cases} きが［飢餓］① 飢餓 \\ かぎ［鍵］　② 鑰匙 \end{cases}$

3. 聽寫練習。聽錄音，把括號內缺少的平假名寫在橫線上。

① 嗽（　）をします。　　　漱口。＿＿＿＿＿＿＿＿＿＿＿

② 会議があります。　　　　有會議。＿＿＿＿＿＿＿＿＿＿

③ 午後 1 時（いちじ）に寝（ね）ます。　下午 1 點睡覺。＿＿＿＿＿＿

④ 具合（　）がいい。　　　身體狀況很好。＿＿＿＿＿＿

⑤ 木（き）の陰（　）で休（やす）みましょう。　在樹蔭下休息一下吧。＿＿＿＿＿

◇ 句型練習

用替換詞替換句中的劃線詞。

| 扇 <small>おうぎ</small> （摺扇） | 鏡 <small>かがみ</small> （鏡子） |
| 絵の具 <small>え ぐ</small> （繪畫顏料） | 画架 <small>が か</small> （畫架） |

甲：ここに籠<small>かご</small>がありますか。　這裏有籠子嗎？

乙：はい。有。

即時貼

　　"ある" 或 "いる" 做謂語的句子為存在句。ある用於事或物，いる用於人或動物。"あります" 為 "ある" 的敬體形式。

第三節　音調的分類和表示法

音調按照高低特點可以分為兩大類：

平板型：◎調，如うお◎、きあい◎

起伏型：非◎調，如こうい①，いえ②

起伏型又可以分成：

頭高型：①調，如 あい①，えいい①

中高型：中間高，兩邊低，如 あおい②，いいあう③

尾高型：高音一直讀到單詞末，如うえ②，あいて③

日語音調的表示方法很多，常見的有：

1. 數碼法。數碼法有兩種表示方法，一種為本書所採用的方法，標注①②③……，表示哪幾個假名讀高音。

還有一種數碼法從詞尾來計數，如：①，②，③，④……，表示高讀到倒數第幾個假名，① 表示高讀到倒數第一個假名，② 表示高讀到倒數第二個假名，③ 表示高讀到倒數第三個假名，依次類推。負數表示法在總結音調規律時很有用。兩種數碼法的對應關係如下：

かぎ［鍵］②，①

じさ［時差］①，②

くいき［区域］①，③

あおい［青い］②，②

2. 劃線法。劃線法就是在高讀假名上劃線，該方法比較直觀。如：

おそい［遲い］◎

くいき［区域］①

あおい［青い］②

あしおと［足音］③

3. 標色法。就是把高讀假名標上顏色或加重。如：

おそい［遲い］

くいき［区域］

あおい［青い］

影吧   『魔女の宅急便』《魔女宅急便》：魔女奇奇（キキ）淋雨感冒，麵包房老闆娘歐索娜（オソノ）來看望她。

オソノ：キキ！具合が悪いの。酷い熱ね！   ①②

（奇奇，身體不舒服嗎？好燙啊！）

キキ：   頭ががんがんするの。   ③

（頭痛得厲害啊！）

オソノ：あんた昨日ちゃんと体を拭かなかったでしょう。   ④

（你昨天沒好好地擦身體吧。）

答疑：第 1 句，が，格助詞，表主語；の，表疑問終助詞；第 2 句，ね，表輕微感歎的終助詞。第 3 句，の，表斷定終助詞。第 4 句，あんた，你，長輩對晚輩的稱呼，女性用語；ちゃんと，可譯成：好好地；を，賓格助詞，表示其前的名詞為其後他動詞的賓語；"拭か"為"拭く"的未然形，動詞未然形＋ない，構成簡體否定式，なかった為ない的過去式；…でしょう，表示推量（敬體），一般譯為"……吧"。

第四章

假名與音調（三）🎧03

さ行

平 假 名	さ	し	す	せ	そ
片 假 名	サ	シ	ス	セ	ソ
羅 馬 字	sa	shi	su	se	so

ざ行

平 假 名	ざ	じ	ず	ぜ	ぞ
片 假 名	ザ	ジ	ズ	ゼ	ゾ
羅 馬 字	za	ji	zu	ze	zo

第一節　さ行

平 假 名：	さ	し	す	せ	そ
片 假 名：	サ	シ	ス	セ	ソ
羅 馬 字：	sa	shi	su	se	so
國 際 音 標：	[sɑ]	[ʃi]	[sɯ]	[se]	[so]

◇ 發音與口型

さ行假名涉及兩個輔音：[s] 和 [ʃ]。

"さ、す，せ、そ"由清輔音 [s] 分別與元音 [ɑ]、[ɯ]、[e]、[o] 相拼成，但す的發音特殊，元音 [ɯ] 受 [s] 音影響，舌位略前移。

"し"由清輔音 [ʃ] 與元音 [i] 相拼而成。

[s]：舌尖抵下齒，舌前端靠近上齒，形成窄縫，氣流從窄縫中擠出，摩擦發音，聲帶不振動。

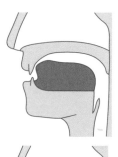

[ʃ]：舌尖抵下齒，舌前面抬起接近硬腭前部，形成狹窄的通道，氣流擠出摩擦發音，聲帶不振動。

注意：日語的 [ʃ] 不同於英語的 [ʃ]。

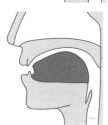

◇ 字形與筆順

| 平假名 | | | | | |
| 片假名 | | | | | |

◇ 詞源巧記

平　假　名		片　假　名	
さ	左—$\checkmark$—さ	サ	散—サ
し	之—し—し	シ	之—シ
す	寸—す—す	ス	須—ス
せ	世—せ—せ	セ	世—セ
そ	曽—そ—そ	ソ	曽—ソ

語四　　**體言謂語句（否定式）的敬體與簡體**

> 敬體：…ではありません及其活用（ではありませんでした等）
> 簡體：…ではない及其活用（ではなかった等）
> ① これは挿絵ではありません。　　這不是插圖。　（敬體）
> ② これは挿絵ではない。　　這不是插圖。　（簡體）

獅の寿司（獅子的壽司）

◇ 平假名單詞練習

讀下列單詞，注意讀音和音調，長音標注下劃線。

さ

さく	［咲く］	◎	開（花）
さしえ	［挿絵］	②◎	插圖
さいご	［最後］	①	最終
<u>さあ</u>		①	喂，……吧

し

しあい	［試合］	◎	比賽
しお	［潮］	②	海潮
あし	［足・脚］	②	腿，腳
いそが<u>しい</u>	［忙しい］	④	忙碌的

す

すぐ		①	立刻，馬上
すいか	［西瓜］	◎	西瓜
おす	［押す］	◎	推
<u>すう</u>がく	［数学］	◎	數學

せ

せかい	［世界］	①	世界
せき	［席］	①◎	座位
せかす	［急かす］	②	催促
<u>せい</u>かく	［性格］	◎	性格

そ

そこ	◎	那裏 [中稱]
あそこ	◎	那裏 [遠稱]
うそ　[嘘]	①	謊言
そう ぐう [遭遇]	◎	遭遇

◇ 短語練習

試合<small>しあい</small>に勝<small>か</small>つ （比賽贏了）　試合<small>しあい</small>に負<small>ま</small>ける （比賽輸了）

席<small>せき</small>がある （有座位）　席<small>せき</small>がない （沒座位）

潮<small>しお</small>が満<small>み</small>ちる （漲潮）　潮<small>しお</small>が引<small>ひ</small>く （落潮）

諺語：

明日<small>あす</small>は明日<small>あす</small>，今日<small>きょう</small>は今日<small>きょう</small> （從今天做起，不要空談明天）

◇ 片假名單詞練習

讀下列單詞，注意讀音和音調。

サ

| サイン | [sign] | ① | 簽字名 |

サイン　　　[sign]　　①　　　　　簽字名
サイド　　　[side]　　①　　　　　旁邊
サーカス　　[circus]　①　　　　　馬戲團

シ

シーン　[scene]　①　　　　　場景
シガー　[cigar]　①　　　　　雪茄

ス

スキー　[ski]　　②　　　　　滑雪
ガス　　[gas]　　①　　　　　煤氣
ゲスト　[guest]　①　　　　　賓客

セ

セーター　　[sweater]　①　　　　運動衣，毛衣
セールス　　[sales]　　①　　　　銷售
アクセント　[accent]　①　　　　聲調

ソ

ソース　[sauce]　　①　　　　調味汁
ソーダ　[荷 soda]　①　　　　蘇打水

◇ 句子練習

聽說下列句子，注意讀音和語調。

1. お父さんがシガーを吸います。　爸爸吸雪茄。

2. 嘘を言わないでください。　請不要撒謊。

3. 押さないでください。　請不要擁擠。

4. ここにサインをしてください。　請在這裏簽字。

5. 私が仕事を仕上げました。　我做完工作了。

6. 李さんが本に挿絵を入れました。

　　　　　　　　　　　　小李在書中加入了插圖。

7. 私はスキーが好きです。　我喜歡滑雪。

8. 甲：あなたは何歳ですか。

　　　你幾歲了？

　　乙：わたしは5歳です。

　　　我5歲。

◇ 綜合練習

1. 書寫練習。寫出與平假名對應的片假名。

さしえ＿＿＿＿　おす＿＿＿＿　せき＿＿＿＿　おそい＿＿＿＿

寫出與片假名對應的平假名。

シオ＿＿＿＿　スイカ＿＿＿＿　セキ＿＿＿＿　サ＿＿＿＿　ソ＿＿＿＿

2. 辨音練習。比較練習以下長短音。

さ［左］① 以下　　　　さかい　　［境］ ② 交界
さあ　　① 喂　　　　　サーカス［circus］① 馬戲團

おし　［押し］◎ 推　　　す［酢］　① 醋
おしい［惜しい］② 可惜的　すう［数］① 數目

すこし　［少し］② 少許　　そすい［疏水］◎ 水渠
すうこう［崇高］◎ 崇高　　そすう［素数］② 質數

せ　［背］① 後背　　　　　かせ　［枷］　① 枷鎖，束縛
せい［正］① 正義　　　　　かせい［火星］◎ 火星

かそ　［過疎］① 人口稀疏　いそ［磯］◎ 海岸
かそう［仮装］◎ 化装　　　いそう［移送］◎ 轉送

3. 聽寫練習。聽錄音，把括號內缺少的平假名寫在橫線上。

① 酒を飲みます。　　　　喝酒。　　　＿＿＿＿＿＿
② 塩をかけます。　　　　撒鹽。　　　＿＿＿＿＿＿
③ 寿司をとります。　　　訂購壽司。　＿＿＿＿＿＿
④ 咳をします。　　　　　咳嗽。　　　＿＿＿＿＿＿
⑤ 傘をさします。　　　　撐傘。　　　＿＿＿＿＿＿
⑥ 汗をかきます。　　　　出汗。　　　＿＿＿＿＿＿
⑦ 誘いを受けます。　　　受邀請。　　＿＿＿＿＿＿
⑧ 詩を書きます。　　　　寫詩。　　　＿＿＿＿＿＿

文化點滴

　　日本人忌諱數字 9［く］和 4［し］，因為它們和苦［く］和死［し］同音。

◇ 句型練習

用替換詞替換句中的劃線詞。

西瓜^{すいか} (西瓜)	苺^{いちご} (士多啤梨)
梨^{なし} (梨)	荔枝^{れいし} (荔枝)

甲：あなたは何^{なに}が好^すきですか。　　　你喜歡甚麼？

乙：<u>柿^{かき}</u>が好^すきです。　　　　　　　我喜歡柿子。

即時貼

　が，助詞，用於表示某些形容詞、形容動詞、自動詞的
對象。

第二節　ざ行

平 假 名：	ざ	じ	ず	ぜ	ぞ
片 假 名：	ザ	ジ	ズ	ゼ	ゾ
羅 馬 字：	za	ji	zu	ze	zo
國際音標：	[dzɑ]	[dʒi]	[dzɯ]	[dze]	[dzo]

◇ 發音與口型

　　ざ行五個假名涉及兩個輔音：[dz] 和 [dʒ]。

　　"ざ、ず、ぜ、ぞ" 由濁輔音 [dz] 分別與元音 [ɑ]、[ɯ]、[e]、[o] 拼成。ず的發音中，元音 [ɯ] 受輔音影響，舌位靠前。

　　じ由濁輔音 [dʒ] 與元音 [i] 拼成。

[dz]：舌前端先抵住上齒，然後稍微放開，　　使氣流從縫隙中衝擠而出發音，聲帶　　振動。

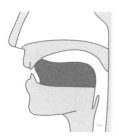

[ʤ]：舌面抵住上齒齦，形成阻塞，然後略微放開，使氣流從縫隙中摩擦而出發音，聲帶振動。

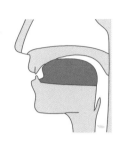

注意：當 [dz]、[dʒ] 在詞中、詞尾時，有時發音分別為 [z]、[ʒ]。

[z] 的發音方法同 [s]，但聲帶振動；

[ʒ] 的發音方法同 [ʃ]，但聲帶振動。

◇ 字形與筆順

平假名					
片假名					

涼しい風（涼爽的風）

◇ 平假名單詞練習

讀下列單詞，注意讀音和音調，長音標注下劃線。

ざ

ざい せい	［財政］	◎	財政
ざせき	［座席］	◎	座位
あざ	［痣］	②	痣
ざあ ざあ		①	（下大雨）嘩啦嘩啦

じ

じかい	［次回］	①	下次
じこ	［事故］	①	事故
しじ	［指示］	①	指示
あじ	［味］	◎	味道
おじいさん		②	祖父，爺爺

ず

ずえ	［図絵］	①	圖片
ずが	［図画］	①	圖畫
ずう ずう しい	［図々しい］	⑤	厚顏無恥的
すずしい	［涼しい］	③	涼爽的

ぜ

かぜ	［風］	◎	風
おお ぜい	［大勢］	③	許多人
ぞう ぜい	［増税］	◎	增稅

ぞ

ぞくご	［俗語］	◎	俗語
かぞく	［家族］	①	家人
<u>ぞう</u>か	［増加］	◎	増加
<u>そう</u> <u>ぞう</u>	［創造］	◎	創造

◇ 短語練習

味が薄い　（味道淡）　　　味が濃い　（味道濃）

事故がある　（發生事故）　　事故にあう　（碰上事故）

風がある　（有風）　　　風がない　（沒風）

諺語：

雉も鳴かずば撃たれまい　（禍從口出，多言招禍）

◇ 片假名單詞練習

讀下列單詞，注意讀音和音調。

ザ
ザボン　[葡 zamboa] ◎　　　　　柚子

ジ
ジーンズ　[jeans]　①　　　　牛仔褲
アジア　　[Asia]　①　　　　亞洲
ジム　　　[gym]　①　　　　體育館

ズ
サイズ　　[size]　①　　　　尺寸
エイズ　　[AIDS]　①　　　　艾滋病
シーズン　[season]　①　　　　季節

ゼ
ゼロ　　　[zero]　①　　　　零，零分
ゼリー　　[jelly]　①　　　　果凍

ゾ
ゾーン　　[zone]　①　　　　地帶，區域

◇ 句子練習

聽説下列句子，注意讀音和語調。

1. ここに大勢の人がいます。　　　　這裏有很多人。

2. 涼しい天気です。　　　　　　真是涼爽的天氣。

3. 涼しい木陰です。　　　　　　真是涼爽的樹蔭。

4. このおかずは、味が薄いです。　這道菜的味道淡。

5. 彼は図々しい人です。　　　　他是厚顏無恥的人。

6. 政府が増税します。　　　　　政府增加稅收。

7. 彼は事故に遇いました。　　　他遇到了事故。

8. 甲：コーヒーをどうぞ。
　　　請喝咖啡。

　　乙：ありがとうございます。
　　　謝謝。

◇ 綜合練習

1. 書寫練習。寫出與平假名對應的片假名。

あざ＿＿＿　あじ＿＿＿　ずえ＿＿＿　かぜ＿＿＿　ぞ＿＿＿

寫出與片假名對應的平假名。

アザ＿＿＿　ジコ＿＿＿　ゾーン＿＿＿　サイズ＿＿＿　ゼ＿＿＿

2. 辨音練習。比較練習以下長短音。

｛ ぜ 　［是］① 是
｛ ぜい［税］① 捐稅

｛ かぜ 　［風］◎ 風
｛ かぜい［課税］◎ 課税

｛ じさん［自贊］◎ 自誇
｛ おじいさん　　② 祖父

｛ ぞ　終助詞
｛ ぞう［象］① 象

清、濁音比較練習。

さいあく［最悪］◎ 最壞　　あさ［朝］① 早上
ざいあく［罪悪］①罪惡　　あざ［痣］② 痣

しあい［試合］◎ 比賽　　あし［足・脚］② 腿腳
じあい［自愛］◎① 自愛　　あじ［味］　　◎ 味道

すえ［末］　◎末　　うすうす［薄薄］◎ 隱隱約約
ずえ［図絵］①圖片　　うずうず　　　① 躍躍欲試

かせ［枷］①枷　　かいそく［快速］◎ 快速
かぜ［風］◎風　　かいぞく［海賊］◎ 海盜

3. 聽寫練習。聽錄音，把括號內缺少的平假名寫在橫線上。

① 時間（　）がかかります。　費時間。　＿＿＿＿＿＿

② 風邪（　）をひきます。　感冒。　＿＿＿＿＿＿

③ 御辞儀（お　）をします。　鞠躬。　＿＿＿＿＿＿

④ 数を数（　）えます。　數數。　＿＿＿＿＿＿

⑤ 政治家（　）になりたいです。　想當政治家。　＿＿＿＿＿＿

⑥ 座を外（は　）します。　離席。　＿＿＿＿＿＿

⑦ 自信（　）があります。　有自信。　＿＿＿＿＿＿

⑧ 家族は何人（なん　）いますか。　你家裏共有幾個人？

　　　　　　　　　　　　　　　　　＿＿＿＿＿＿

◇ 句型練習

用替換詞替換句中的劃線詞。

いち　じ 1 時 (1點)	に　じ 2 時 (2點)	さん　じ 3 時 (3點)
よ　じ 4 時 (4點)	ご　じ 5 時 (5點)	ろく　じ 6 時 (6點)
しち　じ 7 時 (7點)	はち　じ 8 時 (8點)	く　じ 9 時 (9點)

甲：試合は何時に始まりますか。比賽幾點開始？

乙：1 時です。1點。

即時貼

　　日語數字 1~10 有音讀和訓讀兩種讀音，訓讀是日本的固有讀法，常見於日常生活中，如表個數的詞，一つ（一個）等。

第三節　音調的特點

日語字、詞組合中，音調有以下特點：

與助詞音調合併。一般來說，單詞後續助詞，尤其是は，が這樣的單音拍助詞的音調隨前詞的音調，即平板型（◎調）單詞後的助詞讀高音，而起伏型（非◎調）單詞後的助詞讀低音。如：

うお［魚］◎ →うおは［ぅおは］◎

ぎかい［議会］① →ぎかいは［ぎかいは］①

うえ［上］② →うえは［ぅえは］②

一個假名的詞本沒有高低之分，但也標上音調就是提示後續助詞的音調讀法。如："い［胃］◎"的後續助詞音調高，"い［医］①"的後續助詞音調低，即：

胃は［いは］◎

医は［いは］①

再如"かき［柿］◎"和"かぎ［鍵］②"，只讀單詞，音調是一樣的，但"かき［柿］◎"的後續助詞音高，"かぎ［鍵］②"的後續助詞則音低，即：

柿は［かきは］◎

鍵は［かぎは］②

◇ 句子比較練習

⎧柿はいいです。　柿子很好。
⎨
⎩鍵はいいです。　鑰匙很好。

$$\begin{cases} 医はいいです。 & 醫術很好。 \\ 胃はいいです。 & 胃很好。 \end{cases}$$

　　日語的助詞比較複雜，音調也比較複雜，我們在各章中會逐漸介紹，更多的需要大家平時留意積累。

　　複合詞音調合併。每個獨立　的詞都有音調，當兩個詞組合一個複合詞時，原來的音調常會合併為一個音調。如：

月② ＋ 日◎ → 月日②（光陰）

青① ＋ 白い② → 青白い④（青白色的）

口◎ ＋ 走る② → 口走る④（亂説話）

影吧　『名探偵コナン』《柯南》：毛利一行來到神海島一家酒店前台（フロント）要辦理入住手續。

フロント：お早うございます。ご予約のお名前を…　　　　　①②

　　　　　（早上好！請問預約人的名字是……）

毛利：毛利小五郎です、名探偵の。大人二人、学生二人、子供五人。

　　　　　　　　　　　　　　　　　　　　　　　　　　　　　③④

（毛利小五郎，就是名偵探的毛利小五郎。2個大人，2個學生，5個小孩。）

答疑：第2句，ご和お是接頭詞，表示尊敬，還可表示謙虛或美化普通名詞，お多用在和語詞前，ご多用在漢語詞前。第3句，の，的，形式名詞，指人或物。第4句，日語“一個人”、“兩個人”用固有讀法：一人、二人，ひと和ふた分別是“一”、“二”的訓讀音，其餘人數為：漢語基數詞＋人，如五人。

第五章
假名與音調（四）∩ 04

た行

平 假 名	た	ち	つ	て	と
片 假 名	タ	チ	ツ	テ	ト
羅 馬 字	ta	chi	tsu	te	to

だ行

平 假 名	だ	ぢ	づ	で	ど
片 假 名	ダ	ヂ	ヅ	デ	ド
羅 馬 字	da	ji	zu	de	do

第一節　た行

平 假 名：	た	ち	つ	て	と
片 假 名：	タ	チ	ツ	テ	ト
羅 馬 字：	ta	chi	tsu	te	to
國際音標：	[tɑ]	[tʃi]	[tsɯ]	[te]	[to]

◇ 發音與口型

た行假名涉及三個輔音：[t]、[tʃ]、[ts]。
た、て、と由清輔音 [t] 分別與元音 [ɑ]、[e]、[o] 相拼。
ち由清輔音 [tʃ] 元音 [i] 相拼。
つ由清輔音 [ts] 元音 [ɯ] 相拼。

[t]：舌尖抵上齒，形成阻礙，然後舌尖離開上
　　齒，氣流衝出口腔發音，聲帶不振動。

[tʃ]：舌尖抵下齒，舌前端抵住硬腭前部，形成
　　阻塞，然後略微放開，氣流從縫隙中衝擠
　　而出發音，聲帶不振動。

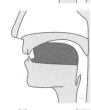

[ts]：舌前端抵上齒，形成阻塞，然後略微放
　　開，使氣流從縫隙中衝擠而出發音，聲帶
　　不振動。

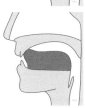

◇ 字形與筆順

平假名　

片假名　

◇ 詞源巧記

平　假　名		片　假　名	
た	太—た—た	タ	多—タ
ち	知—ち—ち	チ	千—チ
つ	門—ッ—つ	ツ	州—ツ
て	天—て—て	テ	手—テ
と	止—と—と	ト	止—ト

語竺　形容動詞謂語句（肯定式）的敬體與簡體

敬體：詞幹＋です及其活用

簡體：詞幹＋だ及活用

① ここはにぎやか<u>です</u>。　　這裏很熱鬧。　　（敬體）

② ここはにぎやか<u>だ</u>。　　這裏很熱鬧。　　（簡體）

いち い たいすい
一衣帶水（一衣帶水）

◇ 平假名單詞練習

讀下列單詞，注意讀音和音調，長音標注下劃線。

た

たかい	［高い］	②	高的，貴的
たがい	［互い］	◎	互相
たい<u>そう</u>	［体操］	◎	體操
たく	［宅］	◎	住宅

ち

ちかい	［近い］	②	近的
ちい	［地位］	①	地位
<u>ちい</u>さい	［小さい］	③	小的
ちしき	［知識］	①	知識

つ

つかう	［使う］	◎	使用
つき	［月］	②	月亮
つくえ	［機］	◎	桌子
<u>つう</u>がく	［通学］	◎	走讀

て

てき	［敵］	②	敵人
てあし	［手足］	①	手腳
てくてく		①	步行
<u>てい</u>か	［定価］	①◎	定價

と

とい	［問］	◎	提問
とおい	［遠い］	◎	遠的
とき	［時］	②	時間
<u>とうじ</u>	［当時］	①	當時

　　當た行假名出現在非詞頭的位置時，和か行一樣，輔音 [t] 讀不送氣音。助詞た、と、て在句中或句尾時也常讀不送氣音。

單詞練習

あした	［明日］	◎	明天
ぜいたく	［贅沢］	④③	奢侈
かくち	［各地］	①	各地
くち	［口］	◎	嘴
ずつう	［頭痛］	◎	頭疼
くつ	［靴］	②	鞋
うつくしい	［美しい］	④	美麗的
あいて	［相手］	③	對手
てあて	［手当］	①	醫治
おと	［音］	②	聲音
しごと	［仕事］	◎	工作

　<ruby>靴<rt>くつ</rt></ruby>を<ruby>買<rt>か</rt></ruby>いました。買了鞋。

　<ruby>王<rt>おう</rt></ruby>さんは<ruby>宋<rt>そう</rt></ruby>さんと<ruby>行<rt>い</rt></ruby>きます。小王和小宋一起去。

◇ 短語練習

<ruby>靴<rt>くつ</rt></ruby>を<ruby>脱<rt>ぬ</rt></ruby>ぐ　　　　（脱下鞋）　　<ruby>靴<rt>くつ</rt></ruby>をはく　　　　　（穿上鞋）

<ruby>仕事<rt>しごと</rt></ruby>をする　　　（做工作）　　<ruby>仕事<rt>しごと</rt></ruby>を<ruby>探<rt>さが</rt></ruby>す　　　（找工作）

<ruby>経済<rt>けいざい</rt></ruby>の<ruby>知識<rt>ちしき</rt></ruby>　　（經濟知識）　<ruby>数学<rt>すうがく</rt></ruby>の<ruby>知識<rt>ちしき</rt></ruby>　　（數學知識）

<ruby>音<rt>おと</rt></ruby>を<ruby>大<rt>おお</rt></ruby>きくする　（調大聲音）　<ruby>音<rt>おと</rt></ruby>を<ruby>小<rt>ちい</rt></ruby>さくする（調小聲音）

諺語：

<ruby>一日<rt>いちにち</rt></ruby>の<ruby>計<rt>けい</rt></ruby>は<ruby>朝<rt>あさ</rt></ruby>にあり（一日之計在於晨）

◇ 片假名單詞練習

讀下列單詞，注意讀音和音調。

タ

| タイ | [tie] | ① | 領帶、平局 |
| ギター | [guitar] | ① | 結他 |

チ

| チーク | [cheek] | ① | 臉頰 |
| チーズ | [cheese] | ① | 芝士 |

ツ

| ツアー | [tour] | ① | （觀光）旅行 |
| ツイン | [twin] | ① | 成對 |

テ

| テキスト | [text] | ① | 教科書 |
| テスト | [test] | ① | 考試 |

ト

| トースト | [toast] | ① | 多士 |
| コート | [coat] | ① | 大衣 |

即時貼

注意不要混淆片假名"タ（た）"和"ク（く）"。

◇ 句子練習

聽說下列句子，注意讀音和語調。

1. ここの景色が美しいです。　　　　這裏的景色很美麗。
2. これは贅沢な生活です。　　　　　這是奢華的生活。
3. 宋さんが高い地位を得ました。　　小宋獲得了很高的
　　　　　　　　　　　　　　　　　地位。

4. これはいいコートです。　　　　　這是件很好的大衣。
5. 彼には数学の知識があります。　　他有數學知識。
6. 私の家は遠いです。　　　　　　　我家很遠。
7. 口を開けてください！　　　　　　請張開嘴。

8. 甲：何を買いましたか。

　　　你買了甚麼？

　　乙：小さい机を買いま
　　　　した。

　　　買了一張小桌子。

◇ 綜合練習

1. 書寫練習。寫出與平假名對應的片假名。

くつした_____　ぐち_____　てあて_____　おと_____

寫出與片假名對應的平假名。

タカイ_____　チ_____　ツクエ_____　テキ_____　ト_____

2. 辨音練習。比較練習以下長短音。

ちさい　［地裁］◎ 地方法院
ちいさい［小さい］③ 小的

ちず　［地図］　① 地圖
チーズ［cheese］① 芝士

つかい　　［使い］◎ 使者
つうかい［痛快］◎ 痛快

そつ　　　　　　◎ 疏忽
そつう［疏通］　◎ 溝通

て　［手］① 手
てい［体］① 外表

かいて　［買い手］◎ 買主
かいてい［改定］◎ 重新規定

と　［都］① 都市
とう［等］① 等級

たいと　　［泰斗］◎ 泰斗
たいとう［台頭］◎ 抬頭

送氣音、不送氣音比較練習。

たし　［足し］◎ 補助
あした［明日］◎ 明天

ちい［地位］① 地位
いち［一］　　② 一

つく［着く］① 到達
くつ［靴］　② 鞋

ていか［定価］　◎ 定價
かてい［家庭］　◎ 家庭

とい［問］　◎ 提問
いと［意図］① 意圖

とけい［時計］③ 鐘錶
ゲート［gate］　① 大門

3. 聽寫練習。聽錄音，把括號內缺少的平假名寫在橫線上。

① 歌を歌います。　　　唱歌。　　　　　＿＿＿＿＿＿

② 手を挙げます。　　　舉手。　　　　　＿＿＿＿＿＿

③ 都合を聞きます。　　詢問是否方便。　＿＿＿＿＿＿

④ 年をとりました。　　上了年紀。　　　＿＿＿＿＿＿

⑤ 地下鉄を利用します。利用地鐵。　　　＿＿＿＿＿＿

⑥ 時計を買いました。　買了錶。　　　　＿＿＿＿＿＿

⑦ 弟は背が高い。　　　　　我弟弟長得高。　　＿＿＿＿＿＿

⑧ 口が堅い。　　　　　　　守口如瓶。　　　　＿＿＿＿＿＿

◇ 句型練習

用替換詞替換句中的劃線詞。

竹（竹子）	菊（菊花）	桜（櫻花）

甲：この植木とあの植木とどちらが好きですか。

　　這盆花和那盆花，你喜歡哪一個？

乙：この植木が好きです。

　　我喜歡這個盆栽。

第二節　だ行

平假名：	だ	ぢ	づ	で	ど
片假名：	ダ	ヂ	ヅ	デ	ド
羅馬字：	da	ji	zu	de	do
國際音標：	[dɑ]	[dʒi]	[dzɯ]	[de]	[do]

◇ 發音與口型

　　だ行五個假名中，"だ、で、ど"由濁輔音 [d] 分別與元音 [ɑ]、[e]、[o] 相拼。[d] 的發音部位與方法與 [t] 相同，區別在於 [d] 聲帶振動。

　　ぢ的發音和じ相同。

　　づ的發音和ず相同。

◇ 字形與筆順

平假名	だ	ぢ	づ	で	ど
片假名	ダ	ヂ	ヅ	デ	ド

角が立つ（態度生硬）

腕が立つ（技術高超）

◇ 平假名單詞練習

讀下列單詞，注意讀音和音調，長音標注下劃線。

だ

だいず	［大豆］	◎	大豆
だいがく	［大学］	◎	大學
だいじ	［大事］	③①	大事，大事業
ただ	［只］	①	免費

ぢ

ちぢまる	［縮まる］	◎	縮短，縮小
ちぢかむ	［縮かむ］	◎	抽縮
ちぢみ	［縮み］	◎	縮短，蜷縮

づ

つづく	［続く］	◎	連續，繼續
きづく	［気付く］	②	注意到
つくづく		②	仔細，細心

で

でぐち	［出口］	①	出口
であい	［出会い］	◎	碰見
そで	［袖］	◎	袖子
うで	［腕］	②	手腕
あとで	［後で］	①	以後

ど

どこ	①	哪裏
どきどき	①	忐忑不安
とどく ［届く］	②	送到，送來
どうとく ［道徳］	◎	道德
どうい ［同意］	◎	同意，贊成

◇ 短語練習

<ruby>大豆<rt>だいず</rt></ruby>が<ruby>届<rt>とど</rt></ruby>く　　（送來大豆）　<ruby>机<rt>つくえ</rt></ruby>が<ruby>届<rt>とど</rt></ruby>く　　　　（送來桌子）

<ruby>大学<rt>だいがく</rt></ruby>を<ruby>受<rt>う</rt></ruby>ける　（考大學）　<ruby>大学<rt>だいがく</rt></ruby>に<ruby>上<rt>あ</rt></ruby>がる　（升入大學）

諺語：

<ruby>大事<rt>だいじ</rt></ruby>の<ruby>前<rt>まえ</rt></ruby>の<ruby>小事<rt>しょうじ</rt></ruby> (求大棄小)

◇ 片假名單詞練習

讀下列單詞，注意讀音和音調。

ダ

ダイアリー	[diary]	①	日記
ダイニング	[dining]	①	進餐
ソーダ	[荷 soda]	①	蘇打水

デ

デザイン	[design]	②	設計；款式
デザート	[dessert]	②	甜品
デスク	[desk]	①	書桌
メーデー	[May Day]	①	五一節

ド

ドア	[door]	①	門
ドーナツ	[doughnut]	①◎	冬甩
ドラマ	[drama]	①	電視劇
ガイド	[guide]	①	導遊
コード	[code]	①	編碼
ダイヤモンド	[diamond]	④	鑽石

◇ 句子練習

聽説下列句子，注意讀音和語調。

1. これは大事(だいじ)なことではありません。　這不是大不了的事。

2. 彼(かれ)は出口(でぐち)から出(で)かけました。　他從出口出去了。

3. お母_{かあ}さんが同意_{どうい}しました。　　媽媽同意了。

4. ダイアリーを書_かきます。　　寫日記。

5. すみません。ここはどこですか。　　請問這是哪裏？

6. これはただです。　　這是免費的。

7. 大豆_{だいず}が届_{とど}きました。　　大豆送來了。

8. 甲：どうぞおかけください。
　　　コーヒーをどうぞ。
　　　請坐。請喝咖啡。

　　乙：どうぞおかまいなく。
　　　請別張羅。

◇ 綜合練習

1. 書寫練習。寫出與平假名對應的片假名。

だいじ_____　つづく_____　そで_____　とどく_____

寫出與片假名對應的平假名。

ドコ_____　タダ_____　デスク_____　チ_____　ヅ_____

2. 辨音練習。比較練習以下長短音。

$\begin{cases} \text{で} & [\text{出}] & ◎出外 \\ \text{でいすい} & [\text{泥醉}] & ◎大醉 \end{cases}$　$\begin{cases} \text{ど} & [\text{度}] & ◎角度 \\ \text{どう} & [\text{同}] & ①該，同 \end{cases}$

$\begin{cases} \text{いど} & [\text{井戸}] & ①井 \\ \text{いどう} & [\text{移動}] & ◎移動 \end{cases}$　$\begin{cases} \text{どこ} & [\text{何処}] & ①何處 \\ \text{どうこう} & [\text{同行}] & ◎同行 \end{cases}$

濁音比較練習。

たい［他意］① 異意　　　たかい［他界］◎ 逝世
だい［大］　　① 大　　　だかい［打開］◎ 打開

くち［口］　　　◎ 口　　　くつ［靴］　　　② 鞋
ちぢみ［縮み］◎ 縮短　　きづく［気付く］② 注意到

てあい［手合］　◎① 傢伙　てぐち［手口］① 手法
であい［出合い］◎ 相遇　でぐち［出口］① 出口

とう［等］① 等級　　　ととう［徒党］◎ 黨徒
どう［同］① 同　　　　どとう［怒濤］◎ 怒濤

3. 聽寫練習。聽錄音，把括號內缺少的平假名寫在橫線上。

① 出口はあそこです。　　　出口在那裏。　　　＿＿＿＿＿＿

② これが第一公園です。　　這是第一公園。　　＿＿＿＿＿＿
　　　　　　いちこうえん

③ スキーが（　　）ます。會滑雪。　　　　　　＿＿＿＿＿＿

④ 私は時々 1 時に寝ます。我有時 1 點睡覺。　＿＿＿＿＿＿
　わたし　（　）いち　じ　ね

⑤（　　）が痛いですか。有甚麼地方疼嗎？　　＿＿＿＿＿＿
　　　　　いた

⑥ 踊ります。　　　　　　跳舞。　　　　　　　＿＿＿＿＿＿
　（ ）

⑦ 袖が縮まります。　　　袖子縮水。　　　　　＿＿＿＿＿＿
　そで（ ）

⑧ 第一に、（　　）席についてください。
　（ ）　　　　　せき

　　首先請坐到位子上。　　＿＿＿＿＿＿＿＿＿＿

◇ 句型練習

用替換詞替換句中的劃線詞。

ぎんこう 銀行 （銀行）	だいがく 大学 （大學）
たいいくかん 体育館 （體育館）	えいがかん 映画館 （電影院）

甲：すみません、<ruby>公園<rt>こうえん</rt></ruby>はどこですか。　請問，公園在哪裏？

乙：<ruby>駅<rt>えき</rt></ruby>の<ruby>前<rt>まえ</rt></ruby>です。　　　　　　在車站前面。

甲：どうもありがとう。　　　　謝謝。

乙：いいえ。　　　　　　　　　不客氣。

第三節　形容詞的音調規律

一、形容詞的音調。形容詞的音調很有規律，除了少量平板式形容詞外，多為②調的起伏式，即高讀到倒數第二個假名，詞尾"い"低讀。如：

こい　　　　　［濃い］①，②深的；濃的
たかい　　　　［高い］②，②高的；貴的
うつくしい　［美しい］④，②美麗的
いそがしい　［忙しい］④，②忙碌的

→平板式（◎調型）形容詞數量有限，主要有：

あかい［赤い］紅的	あさい［浅い］淺的
あつい［厚い］厚的	あまい［甘い］甜的
あらい［粗い］粗糙的	うすい［薄い］薄的
おそい［遅い］晚的	おもい［重い］重的
かたい［堅い］堅硬的	かるい［軽い］輕的
きつい　　　　緊張的	くらい［暗い］黑暗的
けむい［煙い］嗆人的	つらい［辛い］痛苦的
とおい［遠い］遠的	ねむい［眠い］困倦的
まるい［丸い・円い］圓的	あかるい［明るい］明亮的
あぶない［危ない］危險的	いけない　　　　不好的
いやしい［卑しい］卑賤的	おいしい［美味しい］美味的
おもたい［重たい］沉重的	かなしい［悲しい］悲傷的
きいろい［黄色い］黃色的	つめたい［冷たい］冰涼的
ひらたい［平たい］平的	やさしい［優しい］和善的
よろしい［宜しい］好的	うすぐらい［薄暗い］發暗的
くだらない［下らない］無聊的	
たまらない　　　　受不了的	

ほどとおい［程遠い］遙遠的　むずかしい［難しい］難懂的

還有一些詞兩種讀法都可以：

けむたい　　［煙たい］　　◎③　　煙刺鼻的
ねむたい　　［眠たい］　　◎③　　睏的
あやしい　　［怪しい］　　◎③　　可疑的
いかつい　　［厳つい］　　◎③　　嚴厲的
きまずい　　［気まずい］　◎③　　尷尬的
てあらい　　［手荒い］　　◎③　　粗魯的
どぎつい　　　　　　　　　◎③　　（給人以）強烈不快感的
ぶあつい　　［分厚い・部厚い］◎③　　較厚的
ほそながい［細長い］　　◎④　　細長的

二、複合形容詞的音調。複合形容詞的音調多為起伏式，遵循前面所講的②調規律，或平板式、起伏式兩種讀法都可以。如：

動詞＋形容詞：たべやすい［食べやすい］②
名詞＋形容詞：てあつい［手厚い］◎②
形容詞幹＋形容詞：あおじろい［青白い］◎②

影吧　　『おもひでぽろぽろ』《歲月的童話》：奈奈子和父母在討論剛買的菠蘿。

奈々子：どこで買ったの，お父さん。	（在哪買的，爸？）	①
お父さん：銀座の千疋屋。	（銀座的千疋）	②
お母さん：高かったでしょう。	（很貴吧？）	③

答疑：第1句，“買っ”為“買う”的音便形，動詞連用形或五段動詞音便形＋た，構成簡體過去式。第3句，形容詞“高い”詞尾い變成かっ＋た，構成簡體過去式，た為過去助動詞。

第六章
假名與音調（五）🎧05

な行

平 假 名	な	に	ぬ	ね	の
片 假 名	ナ	ニ	ヌ	ネ	ノ
羅 馬 字	na	ni	nu	ne	no

第一節　な行

平假名：	な	に	ぬ	ね	の
片假名：	ナ	ニ	ヌ	ネ	ノ
羅馬字：	na	ni	nu	ne	no
國際音標：	[nɑ]	[ɲi]	[nɯ]	[ne]	[no]

◇ 發音與口型

な行假名涉及兩個鼻輔音：[n] 和 [ɲ]。

な、ぬ、ね、の由鼻輔音 [n] 分別與元音 [ɑ]、[ɯ]、[e]、[o] 相拼而成。

に由鼻輔音 [ɲ] 與元音 [i] 相拼而成。

[n]：舌尖抵上齒齦，阻塞氣流在口腔的通 道，使氣流從鼻腔流出發音，聲帶振動。

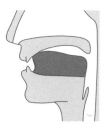

[ɲ]：舌中部抵硬腭，阻塞氣流在口腔的通 道，使氣流從鼻腔流出發音，聲帶振動。

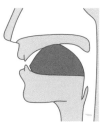

◇ 字形與筆順

| 平假名 | | | | | |

| 片假名 | | | | | |

◇ 詞源巧記

平　假　名		片　假　名	
な	奈—な—な	ナ	奈—ナ
に	仁—に—に	ニ	仁—ニ
ぬ	奴—ぬ—ぬ	ヌ	奴—ヌ
ね	禰—祢—ね	ネ	禰—ネ
の	乃—乃—の	ノ	乃—ノ

語 吧　形容動詞謂語句（否定式）的敬體與簡體

敬體：詞幹＋ではありません／ではないです及其活用
簡體：詞幹＋ではない及其活用
① ここはにぎやかではありません。　　　　這裏不熱鬧。（敬體）
② ここはにぎやかではない。　　　　　　　這裏不熱鬧。（簡體）

姉の猫（姐姐的貓）

兄の狗（哥哥的狗）

◇ 平假名單詞練習

讀下列單詞，注意讀音和音調，長音標注下劃線。

な

なか	［中］	①	中間，裏面
なつ	［夏］	②	夏天
なつかしい	［懐かしい］	④	（令人）思念的
さかな	［魚］	◎	魚

に

あに	［兄］	①	哥哥
にし	［西］	◎	西
にがい	［苦い］	②	苦的
にいさん	［兄さん］	①	哥哥（敬稱）

ぬ

ぬう	［縫う］	①	縫；刺繡
ぬく	［抜く］	②	抽出
ぬぐ	［脱ぐ］	①	脱去
いぬ	［犬］	◎	狗

ね

ねこ	［猫］	①	貓
ねつ	［熱］	②	發燒
ねえさん	［姉さん］	①	姐姐（敬稱）
おかね	［お金］	◎	錢

の

のど	［喉］	①	喉嚨
のどか	［長閑］	①	悠閒的；天氣晴朗的
<u>のう</u>	［能］	①	能力
この		◎	這個

◇ 短語練習

お金がある　（有錢）　　お金がない　（沒錢）

熱が出る　　（發燒）　　熱が下がる　（退燒）

この犬　　　（這隻狗）　その猫　　　（那隻貓）

諺語：

苦は楽の種（苦盡甘來）

◇ 片假名單詞練習

讀下列單詞，注意讀音和音調。

ナ

ナース	[nurse]	①	護士，保姆
ナイフ	[knife]	①	小刀，餐刀
ドーナツ	[doughnut]	①	冬甩

二

ニー	[knee]	①	膝蓋，膝部
ニコチン	[nicotine]	◎	尼古丁
ダイニング	[dining]	①	進餐，吃飯

ヌ

| ヌード | [nude] | ① | 裸體 |

ネ

| ネーム | [name] | ① | 姓名 |
| ネクタイ | [necktie] | ① | 領帶 |

ノ

ノイズ	[noise]	①	噪音
ノート	[note]	①	筆記
ピアノ	[piano]	◎	鋼琴

◇ 句子練習

聽說下列句子，注意讀音和語調。

1. 今_{いま}は長閑_{のどか}な午後_{ごご}です。　　現在是悠閒的午後。

2. 懐_{なつ}かしい夏_{なつ}です。　　真是令人懷念的夏天。

3. 喉_{のど}が痛_{いた}い。　　喉嚨疼。

4. お腹_{なか}がとても痛_{いた}いです。　　我肚子疼得厲害。

5. 眠_{ねむ}い猫_{ねこ}が欠伸_{あくび}をしました。　　發睏的貓打了個呵欠。

6. 李さんがノートを書_かきます。　　小李記筆記。

7. お金_{かね}がないから、この犬_{いぬ}を買_かいません。

　　因為沒有錢，沒買這條狗。

8. 甲：お父_{とう}さんは何_{なに}をし

　　ているの。

　　　爸爸在幹甚麼？

　乙：お酒_{さけ}を飲_のん

　　でいます。

　　　在喝酒呢。

◇ 綜合練習

1. 書寫練習。寫出與平假名對應的片假名。

ない＿＿＿　あに＿＿＿　いぬ＿＿＿　ねこ＿＿＿　のど＿＿＿

寫出與片假名對應的平假名。

ナク＿＿＿　ニ＿＿＿　ヌ＿＿＿　ネコ＿＿＿　ノド＿＿＿

2. 辨音練習。比較練習以下長短音。

⎰ なす　［茄子］① 茄子　　　⎰ に　［荷］◎ 貨物
⎱ ナース [nurse]　① 護士　　⎱ ニー [knee] ① 膝蓋

にし　　　［西］　　　◎ 西
にいさん［兄さん］① 哥哥

ぬく［抜く］② 抽出
ぬう［縫う］① 縫；刺繡

ね　　　　［値］　　　◎ 價格
ねえさん［姉さん］① 姐姐

ねどこ［寝床］◎ 被子
ネーム［name］① 姓名

の　［野］① 田野
のう［能］① 能力

のこす　［残す］② 留下
のうこう［濃厚］◎ 濃厚

かの　［彼の］① 那個
かのう［可能］◎ 可能

だいの　［大の］① 大的
だいのう［大脳］①◎ 大腦

3. 聽寫練習。聽錄音，把括號內缺少的平假名寫在橫線上。

① 仲がいいです。　　　　　關係好。　　　＿＿＿＿＿＿＿

② 寝相がいいです。　　　　睡相好。　　　＿＿＿＿＿＿＿

③ 寝付がいいです。　　　　容易入睡。　　＿＿＿＿＿＿＿

④ 喉がかわきます。　　　　咽喉乾。　　　＿＿＿＿＿＿＿

⑤ 英語が苦手です。　　　　不擅長英語。　＿＿＿＿＿＿＿

⑥ いい匂いがします。　　　有香味。　　　＿＿＿＿＿＿＿

⑦ 犬が死んだ。　　　　　　小狗死了。　　＿＿＿＿＿＿＿

⑧ どうして泣いているの。　為甚麼哭啊？　＿＿＿＿＿＿＿

⑨ 一日かかりました。　　　花了一整天。　＿＿＿＿＿＿＿

⑩ 根が生えました。　　　　長根了。　　　＿＿＿＿＿＿＿

◇ 句型練習

用替換詞替換句中的劃線詞。

| <ruby>頭<rt>あたま</rt></ruby>（頭） | <ruby>背中<rt>せ なか</rt></ruby>（背部） | <ruby>お腹<rt>なか</rt></ruby>（肚子） | <ruby>胸<rt>むね</rt></ruby>（胸） |

甲：<ruby>田中<rt>た なか</rt></ruby>さんですね。どうしましたか。

　　是田中先生啊。你怎麼了？

乙：はい、<ruby>胃<rt>い</rt></ruby>がひどく<ruby>痛<rt>いた</rt></ruby>いんです。

　　是我。我的胃很疼。

甲：いつからですか。

　　甚麼時候開始的？

乙：<ruby>昨日<rt>き のう</rt></ruby>からなんです。

　　昨天開始的。

第二節　形容動詞的音調規律

形容動詞的音調規律性不強，但部分含有固定詞尾的形容動詞音調比較有規律：

1. "名詞＋的"的形容動詞，一般讀平板型（◎調），如：

きかいてき［機械的］◎ 機械的
かがくてき［科学的］◎ 符合科學的

2. 帶有固定詞尾"か"的和語形容動詞，一般讀③調，即高讀到倒數第三個假名，如：

しずか　　［静か］①，③寂靜
おろか　　［愚か］①，③愚笨
おろそか　［疎か］②，③疏忽
きよらか　［清らか］②，③純潔

3. 帶有固定詞尾"やか"的形容動詞，詞調一般為③調。如：

にぎやか［賑やか］②，③熱鬧
さわやか［爽やか］②，③清爽
みやびやか［雅やか］③，③風雅
きらびやか［煌びやか］③，③燦爛奪目

影吧　　『東京ラブストーリー』《東京愛情故事》：完治（かんじ）回來，莉香（リカ）為他準備了生日蛋糕。

完治：ただいま。　　　　　　　　　（我回來了。）
リカ：Happy Birthday! かンチ！　　（生日快樂，丸子。）

第七章
假名與音調（六）🎧06

は行

平　假　名	は	ひ	ふ	へ	ほ
片　假　名	ハ	ヒ	フ	ヘ	ホ
羅　馬　字	ha	hi	fu	he	ho

ぱ行

平　假　名	ぱ	ぴ	ぷ	ぺ	ぽ
片　假　名	パ	ピ	プ	ペ	ポ
羅　馬　字	pa	pi	pu	pe	po

ば行

平　假　名	ば	び	ぶ	べ	ぼ
片　假　名	バ	ビ	ブ	ベ	ボ
羅　馬　字	ba	bi	bu	be	bo

第一節　は行

平 假 名：	は	ひ	ふ	へ	ほ
片 假 名：	ハ	ヒ	フ	ヘ	ホ
羅 馬 字：	ha	hi	fu	he	ho
國際音標：	[hɑ]	[çi]	[Φɯ]	[he]	[ho]

◇ 發音與口型

　　は行假名涉及三個輔音：[h]、[ç]、[Φ]。

　　は、へ、ほ由清輔音 [h] 分別與元音 [ɑ]、[e]、[o] 相拼成。

　　ひ由清輔音 [ç] 與元音 [i] 相拼成，[i] 受輔音影響，舌面更靠近硬腭。

　　ふ由清輔音 [Φ] 與元音 [ɯ] 相拼成。

[h]：口自然張開，放鬆，舌自然平放，向外哈氣，氣流從聲門摩擦而出，聲帶不振動。

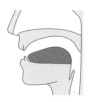

[ç]：舌中抬起，靠近硬腭，氣流從舌面與硬腭的縫隙中呼出，摩擦發音，聲帶不振動。

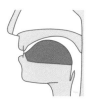

[Φ]：雙唇靠攏形成縫隙，從上下唇的縫隙間呼
　　　氣，摩擦發音，聲帶不振動。
　　　注意：[Φ] 與 [ɯ] 相拼成ふ音時，上齒不
　　　　　　要接觸下唇。

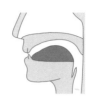

◇ 字形與筆順

平假名					
片假名					

◇ 詞源巧記

平　假　名		片　假　名	
は	波—忮—は	ハ	八—ハ
ひ	比—ひ—ひ	ヒ	比—ヒ
ふ	不—ふ—ふ	フ	不—フ
へ	部—へ—へ	ヘ	部—ヘ
ほ	保—保—ほ	ホ	保—ホ

<ruby>日<rt>ひ</rt></ruby>、<ruby>月<rt>つき</rt></ruby>、<ruby>星<rt>ほし</rt></ruby>（太陽、月亮和星星）

<ruby>星<rt>ほし</rt></ruby>を<ruby>戴<rt>いただ</rt></ruby>く（披星戴月）

◇ 平假名單詞練習

讀下列單詞，注意讀音和音調，長音標注下劃線。

は

は	［歯］	①	牙齒
はな	［花］	②	花
はは	［母］	①	家母
はい		①	是的

ひ

ひ	［日］	◎	太陽
ひくい	［低い］	②	低，矮
ひたい	［額］	◎	額頭
ひいき	［贔屓］	①	眷顧，照顧

ふ

ふかい	［深い］	②	深，深刻
ふく	［吹く］	②①	吹，颳
ひふ	［皮膚］	①	皮膚
ふうき	［富貴］	①	富貴

へ

| へきが | ［壁画］ | ◎ | 壁畫 |
| へた | ［下手］ | ② | 笨拙 |

| へいき | ［平気］ | ◎ | 不介意 |
| へいこう | ［平衡］ | ◎ | 平衡 |

ほ

ほね	［骨］	②	骨頭
ほしい	［欲しい］	②	想要的
ほうほう	［方法］	◎	方法
ふほう	［不法］	◎	違法

◇ 短語練習

歯がはえる　（長牙）　　歯が抜ける　（掉牙）

花が咲く　　（開花）　　花が届く　　（送花）

日が沈む　　（日落）　　風が吹く　　（颱風）

諺語：

花の下より鼻の下（好看的不如好吃的）

◇ 片假名單詞練習

讀下列單詞，注意讀音和音調。

ハ

ハート	[heart]	①	心臟
ハード	[hard]	①	困難；堅硬
スイートハート	[sweet heart]	⑤	甜心，愛人

ヒ

| ヒーロー | [hero] | ① | 英雄 |
| ヒロイン | [heroine] | ② | 女主人公 |

フ

| フランス | [France] | ◎ | 法國 |
| ギフト | [gift] | ① | 禮物 |

ヘ

| ヘア | [hair] | ① | 頭髮 |
| ヘルス | [health] | ① | 健康狀況 |

ホ

| ホーム | [home] | ① | 家庭 |
| ホール | [hall] | ① | 大廳，禮堂 |

即時貼

注意不要混淆片假名"フ（ふ）"和"ウ（う）"；片假名"ヒ（ひ）"和平假名"と"。

◇ 句子練習

聽説下列句子，注意讀音和語調。

1. 彼の額が低いです。　　　　　　　　他的額頭很低。

2. 松本さんがお風呂に入りました。　　松本進了澡堂。

3. 栄養の平衡を保って下さい。　　　　請保持營養平衡。

4. この井が深い。　　　　　　　　　　這口井很深。

5. これは良い方法です。　　　　　　　這是個好方法。

6. 風が吹いてきました。　　　　　　　颳起風了。

7. あのギフトが欲しい。　　　　　　　真想要那件禮物。

8. 甲：歯の具合はどう。

　　　牙齒怎麼樣了？

　　　乙：痛いよ。

　　　很疼啊。

◇ は的發音變化

は做助詞時，發音同わ，讀 [wɑ]。

聽讀下列句子，注意は的讀音。讀 [wɑ] 的は標注彩色。

1. 今日は。　　　　　　　　　　　您好。(用於白天問好)

2. 朝は、何時に起きますか。　　　　早上幾點起牀？

3. わたしは田中です。　　　　　　　我是田中。

4. これは絵です。　　　　　　　　　這是畫。

5. ゲストは午後三時に着きます。　　客人下午 3 點到。

6. 仕事は仕上げましたか。　　　　　工作做完了嗎？

7. 甲：あなたはテニスが好

　　　きですか。

　　　你喜歡網球嗎？

　　乙：はい、好きです。

　　　是的，我喜歡。

◇ へ的發音變化

へ做助詞時，發音同え，讀 [e]。

聽讀下列句子，注意へ的讀音。讀 [e] 的へ標注彩色。

1. 日本へ手紙を出したいのです。　　我想往日本寄一封信。

2. 私は七時に家へ帰ります。　　　　我 7 點回家。

3. 左へ曲がりなさい。　　　　　　　向左轉。

4. ホールへ行きます。　　　　　　　去大廳。

5. 上野へ行くには、どこで乗り換えますか。

　　去上野要在哪裏換車？

6. 甲：あなたはどこへ行
　　　きますか。
　　　你去哪裏？

　　乙：駅へ行きます。
　　　去車站。

◇ 綜合練習

1. 書寫練習。寫出與平假名對應的片假名。

はな＿＿＿＿　ひふ＿＿＿＿　へた＿＿＿＿　のほ＿＿＿＿＿

寫出與片假名對應的平假名。

ハ＿＿＿　ギフト＿＿＿　ホ＿＿＿　ヒ＿＿＿　ヘア＿＿＿

2. 辨音練習。比較練習以下長短音。

$\begin{cases} は［歯］① 牙齒 \\ はあ　① （應答聲）是 \end{cases}$　　$\begin{cases} はと　［鳩］① 鴿 \\ ハート［heart］① 心臟 \end{cases}$

$\begin{cases} ひき　［匹］② 布匹 \\ ひいき［贔屓］① 照顧 \end{cases}$　　$\begin{cases} ひたい　［額］◎ 額 \\ ヒーター［heater］① 加熱器 \end{cases}$

$\begin{cases} ふ　［譜］① 譜 \\ ふう［封］① 封上 \end{cases}$　　$\begin{cases} がくふ　［楽譜］◎ 樂譜 \\ がくふう［学風］◎ 學風 \end{cases}$

$\begin{bmatrix} へ & [屁] ① 屁 \\ へい & [塀] ◎ 圍牆 \end{bmatrix}$　$\begin{bmatrix} へきが & [壁画] ◎ 壁畫 \\ へいき & [平気] ◎ 不介意 \end{bmatrix}$

$\begin{bmatrix} ほ & [歩] ① 步 \\ ほう & [方] ① 方向 \end{bmatrix}$　$\begin{bmatrix} かくほ & [確保] ① 確保 \\ かくほう & [確報] ◎ 可靠報道 \end{bmatrix}$

3. 聽寫練習。聽錄音，把括號內缺少的平假名寫在橫線上。

① 秋、葉が落ちます。　　　秋天樹葉凋零。　　_____

② 火が出ます。　　　　　　失火。　　　　　　_____

③ 蓋を開けます。　　　　　打開蓋子。　　　　_____

④ 花を折りました。　　　　摘了花。　　　　　_____

⑤ 部屋をかたづけます。　　收拾房間。　　　　_____

⑥ 旗を揚げました。　　　　升旗了。　　　　　_____

⑦ 船で行きます。　　　　　坐船去。　　　　　_____

⑧ こちらは母です。　　　　這是家母。　　　　_____

⑨ 星が出てきます。　　　　星星出來。　　　　_____

⑩ あの人はだれですか。　　那個人是誰？　　　_____

◇ 句型練習

用替換詞替換句中的劃線詞。

| 牛 (牛) | 羊 (綿羊) | 馬 (馬) | 豚 (豬) |

甲：ここは兔がとても増えましたね。

　　這裏兔子增加了很多啊。

乙：ええ、そうですね。

　　是啊。

即時貼

　　はい和ええ都表示肯定的應答，はい用於正式場合，含有敬意；ええ用於非正式場合，此外含有"我也是這樣想的"之意。

第二節 ぱ行

平 假 名：	ぱ	ぴ	ぷ	ぺ	ぽ
片 假 名：	パ	ピ	プ	ペ	ポ
羅 馬 字：	pa	pi	pu	pe	po
國 際 音 標：	[pɑ]	[pi]	[pɯ]	[pe]	[po]

◇ 發音與口型

　　ぱ行假名由清輔音 [p] 分別與元音 [ɑ]、[i]、[ɯ]、[e]、[o] 相拼而成。ぱ行假名雖然被稱為半濁音，實際上 [p] 為清輔音。

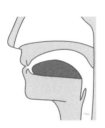

[p]：雙唇緊閉形成阻塞，然後氣流突然衝破阻塞發音。聲帶不振動。

◇ 字形與筆順

　　半濁音的寫法：在清音右上角標注半濁音符號 "。"。

平假名					
片假名					

八方塞がり（四面楚歌）

◇ 平假名單詞練習

讀下列單詞，注意讀音和音調，長音標注下劃線。

ぱ

ぱたぱた	①	嘩啦嘩啦
かんぱい ［乾杯］	◎	乾杯
しんぱい ［心配］	◎	擔心

ぴ

ぴくぴく	②	搐動
ぴかぴか	②①	閃閃發光
さんぴ ［贊否］	①	贊成與否

ぷ

さんぷ ［散布］	①◎	散佈
はんぷ ［頒布］	◎	頒佈
さんぷく ［山腹］	◎	山腰
かんぷう ［寒風］	③◎	寒風

ぺ

きんぺん ［近辺］	①	近旁
ぺこぺこ	◎	（肚子）空瘪
けんぺい ［憲兵］	①	憲兵
ぺらぺら	①◎	說話流暢

ぽ

ぽろぽろ		①	掉落的聲音
ぽっかり		③	輕飄
かんぽう	［漢方］	①	中醫
けんぽう	［憲法］	①	憲法
ほっぽう	［北方］	◎	北方

即時貼

　　ぱ行假名出現在非詞頭位置時，和か行、た行假名一樣，輔音 [p] 讀不送氣音。

單詞練習

ひっぱく	［逼迫］	◎	緊迫
とっぱ	［突破］	◎	突破
はんぱ	［半端］	◎	廢物
いっぴき	［一匹］	◎	一匹
とっぴ	［突飛］	◎	突飛
へんぴ	［辺鄙］	①	偏僻
ひっぷ	［匹夫］	①	匹夫
いっぺん	［一遍］	◎	一遍
いっぽん	［一本］	①	一本

◇ 短語練習

辺鄙な地方　（偏僻的地方）　辺鄙な片田舎　（偏僻的山村）

心配の種　　（心事）　　　　賛否を問う　　（提交表決）

諺語：

人はパンのみにて生くるにあらず（人不是只為了麵包活着）

◇ 片假名單詞練習

讀下列單詞，注意讀音和音調。

パ

パス	[pass]	①	通過，合格
パーク	[park]	①	公園
パン	[葡 pāo]	①	麵包

ピ

ピアノ	[piano]	◎	鋼琴
ピーク	[peak]	①	頂峰
ピンク	[pink]	①	粉紅色

プ

プール	[pool]	①	游泳池
パイプ	[pipe]	◎	管子
プライド	[pride]	◎	自豪感

ペ

ページ	[page]	◎	頁
ペア	[pair]	①	一對，一副
ペン	[pen]	①	鋼筆

ポ

パスポート	[passport]	③	護照
ポスト	[post]	①	郵筒；地位
ポテト	[potato]	①	馬鈴薯

◇句子練習

聽說下列句子，注意讀音和語調。

1. ここは辺鄙な地方です。　　　　這是個偏僻的地方。

2. 彼が試験にパスした。　　　　　他考試通過了。

3. これは良いピアノです。　　　　這是架好鋼琴。

4. 桃の色がピンクです。　　　　　桃子是粉紅色的。

5. 王さんがピアノを弾きます。　　小王彈鋼琴。

6. 涙をぽろぽろとこぼす。　　　　掉眼淚。

7. ペンを買います。　　　　　　　買鋼筆。

8. 甲：ポテトは如何ですか。

　　　您需要薯條嗎？

　　乙：いただきます。大に
　　　　してください。

　　　好的。請給我大份的。

◇ 綜合練習

1. 書寫練習。寫出與平假名對應的片假名。

ぱ＿＿＿　ぴくぴく＿＿＿　ぺ＿＿＿　ぷ＿＿＿　ぽ＿＿＿

寫出與片假名對應的平假名。

パイプ＿＿＿　ピアノ＿＿＿　ポスト＿＿＿　ペア＿＿＿

2. 辨音練習。比較練習以下長短音。

$\begin{cases} \text{ペア} \quad \text{[pair]} ① 一對 \\ \text{ペース} \text{[pace]} ① 步調 \end{cases}$
$\begin{cases} \text{かんぷ} \quad \text{［還付］} ① 歸還 \\ \text{かんぷう} \text{［寒風］} ③◎ 寒風 \end{cases}$

清音、半濁音比較練習。

$\begin{cases} \text{ひあい} \text{［悲哀］} ◎ 悲哀 \\ \text{ピアノ} \text{[piano]} ◎ 鋼琴 \end{cases}$
$\begin{cases} \text{ひかく} \text{［比較］} ◎ 比較 \\ \text{ぴかぴか} \quad\quad ②① 光亮 \end{cases}$

$\begin{cases} \text{ふうふ} \text{［夫婦］} ① 夫婦 \\ \text{プール} \text{[pool]} \quad ① 游泳池 \end{cases}$
$\begin{cases} \text{ホース} \text{[hose]} ① 軟管 \\ \text{ポーズ} \text{[pose]} ① 姿勢 \end{cases}$

送氣音、不送氣音比較練習。

$\begin{cases} \text{パイ} \quad \text{[pie]} \quad ① 夾餡點心 \\ \text{いっぱく} \text{［一泊］} ◎ 住一夜 \end{cases}$
$\begin{cases} \text{ピンク} \text{[pink]} \quad ① 粉紅色 \\ \text{へんぴ} \text{［辺鄙］} ① 偏僻 \end{cases}$

$\begin{cases} \text{ピーク} \text{[peak]} \quad ① 高峰 \\ \text{とっぴ} \text{［突飛］} ◎ 突飛 \end{cases}$
$\begin{cases} \text{プール} \text{[pool]} \quad ① 游泳池 \\ \text{はんぷ} \text{［頒布］} ◎ 頒佈 \end{cases}$

$\begin{cases} \text{ペン} \quad \text{[pen]} \quad ① 鋼筆 \\ \text{いっぺん} \text{［一遍］} ◎ 一遍 \end{cases}$
$\begin{cases} \text{ポーズ} \quad \text{[pose]} \quad ① 姿勢 \\ \text{いっぽん} \text{［一本］} ① 一本 \end{cases}$

3. 聽寫練習。聽錄音，把括號內缺少的平假名寫在橫線上。

① みなさん、乾杯(かん( ))しましょう。　大家乾杯。　_____

② ( ) と片付(かた づ)ける。　處理得利落。　_____

③ 魚(うお)が ( ) と動(うご)く。　魚兒微微搔動。　_____

④ 稲妻(いなずま)が ( ) と光(ひか)る。　閃電一閃一閃地發光。

_____

⑤ おなかが ( ) だ。　肚子空了。　_____

◇ 句型練習

用替換詞替換句中的劃線詞。

英語〔えいご〕(英語)　　　　　ドイツ語〔ご〕(德語)
韓国語〔かんこくご〕(韓語)　　　スペイン語〔ご〕(西班牙語)

甲：王〔おう〕さんは日本語〔にほんご〕がぺらぺらですね。

　　小王日語很流利啊。

乙：ええ、そうです。

　　是的。

即時貼

　　"X は Y が" 句式，"X は" 為大主語，"Y が" 為小主語。兩者關係為：整體與部分，或主體與主體能否、好惡等的對象。

第三節 ば行

平 假 名：	ば	び	ぶ	べ	ぼ
片 假 名：	バ	ビ	ブ	ベ	ボ
羅 馬 字：	ba	bi	bu	be	bo
國際音標：	[bɑ]	[bi]	[bɯ]	[be]	[bo]

◇ 發音與口型

　　ば行假名由濁輔音 [b] 分別與元音 [ɑ]、[i]、[ɯ]、[e]、[o] 拼成。

　　[b] 的發音方法與ぱ行清輔音 [p] 相同，區別在於聲帶振動。

◇ 字形與筆順

首が飛ぶ（被解僱）

痘痕も靨（情人眼裏出西施）

◇ 平假名單詞練習

讀下列單詞，注意讀音和音調，長音標注下劃線。

ば

ばあい	［場合］	◎	場合
ばいう	［梅雨］	①	梅雨
ばか	［馬鹿］	①	傻瓜
ばいばい	［売買］	①	買賣，交易
ことば	［言葉］	③	言詞，話

び

びさい	［微細］	◎	微小
ひびき	［響き］	③	響聲
ひびく	［響く］	②	響；影響
くび	［首］	◎	頸，頭

ぶ

ぶか	［部下］	①	部下
ぶあい	［歩合］	◎	比率，回扣
ふうぶつ	［風物］	①	風景
はいぶつ	［廃物］	◎	廢物

べ

べつべつ	［別々］	◎	各自
べいさく	［米作］	◎	稻穀收成
べんとう	［弁当］	③	盒飯
かべ	［壁］	◎	牆壁

ぽ

おぼえ	［覚え］	②	記性
ぼうし	［帽子］	◎	帽子
ぼうえい	［防衛］	◎	防衛
こくぼう	［国防］	◎	國防

◇ 短語練習

ぶ あい と
歩合を取る（拿回扣）　帽子を被る（戴帽子）

おぼ
覚えがある（記得）　顔に覚えがある（見過面）

ば か い
馬鹿を言え（亂説）　馬鹿の一つ覚え（一條路跑到黑）

諺語：

こと ば こころ つか
言葉は心の使い（言為心聲）

◇ 片假名單詞練習

讀下列單詞，注意讀音和音調。

バ

バス	[bus]	①	巴士
バナナ	[banana]	①	香蕉
プライバシー	[privacy]	②	私生活

ビ

ビール	[beer]	①	啤酒
ビーフ	[beef]	①	牛肉
ビザ	[visa]	①	簽證

ブ

ブラウン	[brown]	②	褐色
ブルー	[blue]	②	藍色
ナイーブ	[naïve]	②	純樸的

べ

ベスト	[best]	①	最好
ベース	[base]	①	基礎
ベビー	[baby]	①	嬰兒

ボ

ボタボタ		①	滴滴答答
ボス	[boss]	①	老闆
ボタン	[button]	◎	釦子

◇ 句子練習

聽說下列句子，注意讀音和語調。

1. 李さんが帽子を被ります。　　　　小李戴帽子。

2. 私たちがバスに乗ります。　　　　我們乘公交車。

3. 梅雨が降ります。　　　　　　　　要下梅雨了。

4. 彼は馬鹿な人です。　　　　　　　他是個傻子。

5. 私を覚えていますか。　　　　　　還記得我嗎？

6. 壁に絵を掛けました。　　　　　　把畫掛到了牆上。

7. 歩合を取りました。　　　　　　　拿了回扣。

8. 甲：久しぶりですね。

　　　好久不見了。

　　乙：どうもごぶさたし

　　　　ました。

　　　好久沒聯絡了。

◇ 綜合練習

1. 書寫練習。寫出與平假名對應的片假名。

ばかす＿＿＿　へび＿＿＿　ぶき＿＿＿　べつ＿＿＿　ぼ＿＿＿＿

寫出與片假名對應的平假名。

ベスト＿＿＿　バ＿＿＿　ビザ＿＿＿　ボス＿＿＿　ブ＿＿＿

2. 辨音練習。比較練習以下長短音。

$$\left[\begin{array}{l}おばさん　　◎　嬸，姨\\おばあさん　②　奶奶，外婆\end{array}\right.$$ $$\left[\begin{array}{l}びふう［微風］◎ 微風\\ビーフ［beef］　① 牛肉\end{array}\right.$$

$$\left[\begin{array}{l}べつ　　［別］　◎ 區別\\べいか［米価］① 米價\end{array}\right.$$ $$\left[\begin{array}{l}きぼ［規模］　① 規模\\きぼう［希望］◎ 希望\end{array}\right.$$

清、濁音比較練習。

$$\left[\begin{array}{l}はち［鉢］② 大碗\\ばち［罰］② 懲罰\end{array}\right.$$ $$\left[\begin{array}{l}はは［母］① 家母\\はば［幅］◎ 幅度\end{array}\right.$$

$$\left[\begin{array}{l}かひ［果皮］① 果皮\\かび［黴］　　◎ 霉\end{array}\right.$$ $$\left[\begin{array}{l}ひこう［飛行］◎ 飛行\\びこう［尾行］◎ 尾隨\end{array}\right.$$

$$\left[\begin{array}{l}かふ　［寡婦］① 寡婦\\かぶ［歌舞］① 歌舞\end{array}\right.$$ $$\left[\begin{array}{l}ふこく［布告］◎ 宣佈\\ぶこく［誣告］◎ 誣告\end{array}\right.$$

$$\left[\begin{array}{l}へい［塀］◎ 圍牆\\べい［米］①"美國"簡稱\end{array}\right.$$ $$\left[\begin{array}{l}へいか［陛下］① 陛下\\べいか［米価］① 米價\end{array}\right.$$

$$\left[\begin{array}{l}ほせい［補正］◎ 補正\\ぼせい［母性］◎ 母性\end{array}\right.$$ $$\left[\begin{array}{l}ほう［方］① 方向\\ぼう［某］① 某\end{array}\right.$$

濁音、半濁音比較練習。

$$\left[\begin{array}{l}ばいばい［売買］　① 買賣\\パイプ　［pipe］　① 導管\end{array}\right.$$ $$\left[\begin{array}{l}ビーナス［Venus］① 維納斯\\ピーナツ［peanut］① 花生\end{array}\right.$$

ブラシ ［brush］① 刷子
プラス ［plus］ ◎① 加

バス ［bus］ ① 公共汽車
パス ［pass］ ① 月票

ベース ［base］① 基礎
ペース ［pace］① 步調

ベスト ［best］① 最好
ペスト ［pest］① 鼠疫

ぼうえい ［防衛］◎ 防衛
ポーズ ［pose］ ① 姿勢

ボス 　［boss］① 首領
ポスト ［post］① 郵筒

3. 聽寫練習。聽錄音，把括號內缺少的平假名寫在橫線上。

① 歌舞伎が好きです。　　　喜歡歌舞伎。　　_____

② 鼾をかく。　　　　　　　打鼾。　　　　　_____

③ （　　）をかく。　　　　哭喪臉。　　　　_____

④ 帯を締る。　　　　　　　繫腰帶。　　　　_____

⑤ 黴が生える。　　　　　　發霉了。　　　　_____

⑥ 王さんは保母です。　　　小王是保育員。　_____

⑦ 別々に行く。　　　　　　分別去。　　　　_____

⑧ 正当防衛です。　　　　　是正當防衛。　　_____

⑨ 大きな声で叫（　　）　　大聲叫。　　　　_____

⑩ （　　）仕事を始めよう。　一點一點地開始工作吧。

　　　　　　　　　　　　　　　　　　　　_____

◇ 句型練習

用替換詞替換句中的劃線詞。

| 地下鉄 (地鐵) | 飛行機 (飛機) |
| オートバイ（摩托車） | バス（公共汽車） |

甲：ここから<ruby>富士山<rt>ふじさん</rt></ruby>まで<ruby>何分<rt>なんぷん</rt></ruby>かかりますか。

　　從這裏到富士山要多少分鐘？

乙：<u>船で行けば</u>、<ruby>２０分<rt>にじゅっぷん</rt></ruby>かかります。

　　如果坐船的話，需要 20 分鐘。

即時貼

　　から，表出發點；まで，表終點；で，表方式；ば，表假設。

第四節 動詞的音調規律

一、動詞的音調。動詞的音調比較有規律，多為平板式[即◎調]或②調的起伏式，即末音拍低讀。如：

いく 　[行く]◎ 去
かう 　[買う]◎ 買
あげる[上げる]◎ 提高
かく 　[書く]①，②寫
そだつ[育つ]②，②成長

→ 還有一些動詞兩種讀法都可以，如：

かる 　[駆る]◎① 驅趕
おる 　[織る]◎① 編織
いたす[致す]◎② 做
おかす[冒す]◎② 冒（雨）

二、複合動詞的音調。複合動詞的音調也多為◎調或②調，具體有以下規律：

1."動詞＋動詞"的複合動詞，前詞平板式，則複合詞為②調起伏式；前詞起伏式，則複合詞平板式，但現在也可都讀為②調起伏式，如：

かぐ[嗅ぐ]◎ 聞 ＋ つける →
　　かぎつける[嗅ぎつける]②聞出來
かく[書く]② 寫 ＋ つける →
　　かきつける[書き付ける]②◎ 寫下來

2."形容詞詞幹＋動詞"的複合動詞，一般為②調，但"~すぎる"還可以讀平板式。如：

たか［高］ ＋ なる［鳴る］→

たかなる［高鳴る］② 發出大聲響

たか［高］ ＋ すぎる［過ぎる］ →

たかすぎる［高過ぎる］②◎ 過高

3."名詞＋動詞"的複合動詞，一般為②調。如：

くち［口］ ＋ ばしる［走る］ →

くちばしる［口走る］② 走嘴，順口説出

4."單漢字漢語詞＋する"的サ變動詞，一般為②調。如：

あい［愛］＋する →

あいする［愛する］② 愛

5."雙漢字漢語詞或和語詞、外來語詞＋する"的サ變動詞，一般以前詞的音調為準。如：

いじ［維持］① ＋ する →

いじする［維持する］① 維持

かいさん［解散］◎ ＋ する →

かいさんする［解散する］◎ 解散

たび［旅］② ＋ する →

たびする［旅する］② 旅行

影吧

『東京ラブストーリー』《東京愛情故事》：夜裏，莉香（リカ）給完治（かんじ）打電話。

完治：はあい。	（你好。）	①
リカ：私_{わたし}。寝_ねてた。	（是我，睡了嗎？）	②③
完治：寝_ねてました。	（已經睡了。）	④

答疑：第3、4句，…た，簡體過去式；…ました，敬體過去式；…ている表動作的持續或完成，口語中可省略い，為：てる，其連用形：て。"寝"為"寝る"的連用形。

第八章
假名與音調（七）🎧07

ま行

平 假 名	ま	み	む	め	も
片 假 名	マ	ミ	ム	メ	モ
羅 馬 字	ma	mi	mu	me	mo

第一節　ま行

平 假 名：	ま	み	む	め	も
片 假 名：	マ	ミ	ム	メ	モ
羅 馬 字：	ma	mi	mu	me	mo
國際音標：	[mɑ]	[mi]	[mɯ]	[me]	[mo]

◇ 發音與口型

　　ま行假名由輔音 [m] 分別與元音 [ɑ]、[i]、[ɯ]、[e]、[o] 相拼成。

[m]：雙唇緊閉形成阻塞，使氣流從鼻腔流
　　　出發音，聲帶振動。

◇ 字形與筆順

平假名					
片假名					

◇ 詞源巧記

平　假　名		片　假　名	
ま	末—**ま**—ま	マ	萬—マ
み	美—**み**—み	ミ	三—ミ
む	武—**む**—む	ム	牟—ム
め	女—**め**—め	メ	女—メ
も	毛—**も**—も	モ	毛—モ

語吧　形容詞謂語句（肯定式）的敬體與簡體

敬體：基本形（い）及其活用＋です及其活用（でしょう）

簡體：基本形（い）及其活用

① これはおいし<u>い</u> です。　　　這個好吃。　　　（敬體）

② これはおいし<u>かった</u> です。　　這個很好吃。　（敬體）

③ これはおいし<u>かった</u> <u>でしょう</u>。　這個好吃吧。　（敬體）

④ これはおいし<u>い</u>。　　　　　　這個好吃。　　　（簡體）

⑤ これはおい し<u>かった</u>。　　　　這個很好吃。　（簡體）

頭が重い（心情沉重）

胸に一物（心懷鬼胎）

◇ 平假名單詞練習

讀下列單詞，注意讀音和音調，長音標注下劃線。

ま

まい	［舞］	◎	舞蹈
まずい	［不味い］	②	難吃的
まつ	［待つ］	①	等待
あたま	［頭］	②③	頭，腦袋

み

みぎ	［右］	◎	右邊
みみ	［耳］	②	耳朵
みごと	［見事］	①	漂亮，出色
みいだす	［見出す］	◎③	找到，發現

む

むね	［胸］	②	胸膛；心臟
むかい	［向かい］	◎	對面
むがい	［無害］	①	無害
むずかしい	［難しい］	④	難的

め

め	［目］	①	眼睛
めがね	［眼鏡］	①	眼鏡
めいし	［名刺］	◎	名片
めいかく	［明確］	◎	明確的

も

もぐ	［挽ぐ］	①	摘
もも	［桃］	◎	桃子
もちぬし	［持ち主］	②	物主
<u>も</u>うい	［猛威］	①	兇猛

◇ 短語練習

頭を出す（嶄露頭角）　　壁に耳あり（隔牆有耳）

胸に刻む（銘記在心）　　目と鼻の先（近在咫尺）

目には目を、歯には歯を（以眼還眼，以牙還牙）

諺語：

餅屋は餅屋（辦事還得行家）

◇ 片假名單詞練習

讀下列單詞，注意讀音和音調。

マ

| マイ・カー [my car] | ③ | 私家車 |
| マガジン　　 [magazine] | ① | 雜誌 |

ミ

ミス　　　　　 [miss]	①	錯誤，過失
ミニスカート [miniskirt]	④	超短裙
タイミング　 [timing]	◎	時機

ム

| ムード　[mood] | ① | 情緒，心情 |
| アーム　[arm] | ① | 腕，胳膊 |

メ

| メーデー　[May Day] | ① | 五一國際勞動節 |
| メーカー　[maker] | ① | 製造商 |

モ

| モーニング [morning] | ① | 早上 |
| モダン　　 [modern] | ◎ | 現代的 |

即時貼

注意不要混淆片假名"ミ（み）"和"シ（し）"；"メ（め）"和"ナ（な）"。

◇ 句子練習

聽說下列句子，注意讀音和語調。

1. 彼は駅で人を待ちます。　　　　　他在車站等人。

2. この桃が不味いです。　　　　　　這桃子真難吃。

3. 直美がミニスカートを穿きます。　直美穿超短裙。

4. これは難しい仕事です。　　　　　這是困難的工作。

5. これは見事な舞です。　　　　　　這是出色的舞蹈。

6. 彼はミスを犯しました。　　　　　他犯了錯誤。

7. これはいいタイミングです。　　　這是個很好的機會。

8. 甲：もう決めたか。

　　　已經決定了嗎？

乙：　明確な計画はまだな
　　　いです。

　　　還沒有明確的計劃。

◇ 綜合練習

1. 書寫練習。寫出與平假名對應的片假名。

みち＿＿＿　むね＿＿＿　め＿＿＿　もも＿＿＿　まい＿＿＿

寫出與片假名對應的平假名。

マイ＿＿＿　ミス＿＿＿　ム＿＿＿　メ＿＿＿　モ＿＿＿

2. 辨音練習。比較練習以下長短音。

ま［間］◎ 時間	むち　［無知］① 無知
まあ　　① 呀	ムード［mood］① 情緒

め　［目］① 眼睛	かめ　［瓶］　② 花瓶
めい［明］① 眼力	かめい［加盟］◎ 加盟

おめ　［御目］◎ 眼睛	も［藻］◎ 藻類
おめい［汚名］◎ 壞名聲	もう　　◎ 再

3. 聽寫練習。聽錄音，把括號內缺少的平假名寫在橫線上。

① 道を聞きます。　　　　問路。　　　　＿＿＿＿＿＿

② 名刺を交換します。　　交換名片。　　＿＿＿＿＿＿

③ 暇になります。　　　　有空。　　　　＿＿＿＿＿＿

④ 迎えに行きます。　　　去接人。　　　＿＿＿＿＿＿

⑤ 目眩がします。　　　　頭暈。　　　　＿＿＿＿＿＿

⑥ 物が高い。　　　　　　東西貴。　　　＿＿＿＿＿＿

⑦ 右にあるのは駅です。　往右邊是車站。＿＿＿＿＿＿

⑧ 一枚ください。　　　　請給我一張。　＿＿＿＿＿＿

◇ 句型練習

用替換詞替換句中的劃線詞。

牧野（牧野）	中島（中島）	高橋（高橋）
佐藤（佐藤）	伊藤（伊藤）	

甲：お名前は何と言いますか。　　你叫甚麼名字？

乙：私は高田と申します。　　我叫高田。

即時貼

　…と申します，自謙語，用於告訴對方自己的姓名。

第二節　名詞的音調規律

日語中，名詞的音調規律性不強，但派生名詞、複合名詞有一些規律。

一、派生名詞的音調規律。

1. 前綴 "お、ご" 與名詞合為一個音調，除個別詞外，平板型仍為平板型，起伏型不改變原詞高讀音的位置。如：

さけ［酒］◎ → おさけ［お酒］◎（酒）

はし［箸］① → おはし［お箸］②（筷子）

2. 前綴 "第、遠、各、前、故、現、純、非、超" 等有自己獨立的音調（一般為頭高型），一般不與後詞複合。如：

かく・だいがく［各大学］①＋◎

ぜん・そうり［前総理］①＋①

だい・いちい［第一位］①＋②

3. 姓名＋敬稱接尾詞 "樣，さん，ちゃん，君，殿"，合併為一個音調，隨前詞音調。如：

たなか［田中］◎ ＋さん →

　　たなかさん［田中さん］◎

たに［谷］① ＋さん → たにさん［谷さん］①

4. 名詞＋接尾詞 "たち，氏"，前詞音調不變，尾詞低讀。如：

たなか［田中］◎ → たなかし［田中氏］③

たに［谷］① → たにたち［谷たち］①

5. 前詞與一些後接詞複合後，高讀到前詞最後一個假名，後接詞低讀。這樣的後接詞主要有：会、学、者、員、部、省、府、市、館、局、虫等。如：

　　かがく　［科学］① ＋ しゃ［者］→
　　　　かがくしゃ［科學者］③
　　きょうと［京都］① ＋ ふ［府］→
　　　　きょうとふ［京都府］③
　　えいが　［映画］①◎ ＋ かん［館］→
　　　　えいがかん［映画館］③

　6. 前詞與一些後接詞複合後，整個複合詞變為平板型。這樣的後接詞主要有：家、語、病、性、色、小屋、中、燒き等。如：

　　せんもん　［専門］◎ ＋ か［家］→
　　　　せんもんか［專門家］◎
　　ちゅうごく［中国］① ＋ ご［語］→
　　　　ちゅうごくご［中國語］◎

二、複合名詞的音調規律。

1. 雙漢字複合名詞，且後詞為單音拍的，多讀頭高型。如：
　会議　①　　　　　地理　①

2. 雙漢字複合名詞，且前詞為單音拍，後詞為雙音拍的，多讀平板型。如：
　和服　◎　　　　　素材　◎

3. 雙漢字複合名詞且為 4 音拍的，多讀平板型。如：
　愛情　◎　　　　　王族　◎

4. 後部詞為雙漢字的複合詞，且音調不是中高型，則複合詞高讀到後詞的第一個假名。如：
　経済　①　＋　状況　◎　→　経済状況　⑤

5. 後部詞為雙漢字的複合詞，且音調為中高型，則複合詞高讀到後詞的原高讀部分或後詞第一個假名。如：
　入学　◎　＋　試験　②　→　入学試験　⑥⑤

第九章
假名與音調（八）🎧08

や行

平 假 名	や	い	ゆ	え	よ
片 假 名	ヤ	イ	ユ	エ	ヨ
羅 馬 字	ya	i	yu	e	yo

第一節　や行

平 假 名：	や	［い］	ゆ	［え］	よ
片 假 名：	ヤ	［イ］	ユ	［エ］	ヨ
羅 馬 字：	ya	［i］	yu	［e］	yo
國際音標：	［jɑ］	［i］	［jɯ］	［e］	［jo］

◇ 發音與口型

や行假名中，"い，え" 與あ行重複，實際只有や，ゆ，よ三個假名。

や，ゆ，よ由半元音 [j] 分別與元音 [ɑ]、[ɯ]、[o] 拼成。

注意：發ゆ音時，嘴型要扁。發よ音時，開口不要過大。

[j]：舌面隆起靠近上腭，使氣流從舌與上腭的
縫隙間摩擦而發出音，聲帶振動。

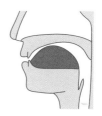

◇ 字形與筆順

	平假名		
平假名			
片假名			

◇ 詞源巧記

平　假　名		片　假　名	
や	也—や—や	ヤ	也—ヤ
ゆ	由—ゆ—ゆ	ユ	由—ユ
よ	與—与—よ	ヨ	與—ヨ

語 吧　　形容詞謂語語句（否定式）的敬體與簡體

> 敬體：連用形（く）＋ありません/ないです及其活用
>
> 簡體：連用形（く）＋ない及其活用
>
> ① これはおいし<u>く</u>ありません。這個不好吃。　　　　　（敬體）
>
> ② これはおいし<u>く</u>ありませんでした。這個以前不好吃。　（敬體）
>
> ③ これはおいし<u>く</u>ないです。這個不好吃。　　　　　　（敬體）
>
> ④ これはおいし<u>く</u>なかったです。這個以前不好吃。　　（敬體）
>
> ⑤ これはおいし<u>く</u>ない。這個不好吃。　　　　　　　　（簡體）
>
> ⑥ これはおいし<u>く</u>なかった。這個以前不好吃。　　　　（簡體）

夢の夢（虛無縹緲）

山のよう（堆積如山）

◇ 平假名單詞練習

讀下列單詞，注意讀音和音調，長音標注下劃線。

や

や	［屋］	①	店舖，館
やおや	［八百屋］	◎	蔬菜商店
やま	［山］	②	山
やすい	［安い］	②	便宜的
やすみ	［休み］	③	休息，休假
やさ<u>しい</u>	［優しい］	◎	容易的；親切的
<u>やあ</u>		①	哎呀

ゆ

ゆき	［雪］	②	雪
ゆくえ	［行方］	◎	去向，行蹤
ゆざまし	［湯冷まし］	②	涼了的水
<u>ゆう</u>が	［優雅］	①	優雅
<u>ゆう</u>き	［勇気］	①	勇氣
<u>ゆう</u>がた	［夕方］	◎	傍晚，黃昏

よ

よ	［夜］	①	夜晚
よく		①	很，常
よい	［良い］	①	好的，優秀的
よこ	［横］	◎	橫向，旁邊

よう　　　［用］　①　　　　　　事情

ようい　　［用意］①　　　　　　準備

ようき　　［容器］①　　　　　　容器

よう よう［揚揚］◎　　　　　洋洋得意

◇ 短語練習

雪が降る　　　　（下雪）　　　雪がやむ　　（雪停）

雪と墨　　　　（差異太大）　　雪を欺く　　（潔白似雪）

果物屋　　　　（水果店）　　　魚 屋　　　（魚店）

夜を日に継ぐ　（夜以繼日）　　夜が明ける　（天亮）

諺語：

居食いすれば山も空し（坐吃山空）

◇ 片假名單詞練習

讀下列單詞，注意讀音和音調。

ヤ

ヤード	[yard]	①	碼
ヤング	[young]	①	年輕人

ユ

ユーザー	[user]	①	用戶
ユーモア	[humour]	①	幽默
ユニーク	[unique]	②	獨特的
ユニホーム	[uniform]	①③	制服
ユネスコ	[UNESCO]	②	聯合國教科文組織

ヨ

ヨード	[Jod]	①	碘
ヨーヨー	[yoyo]	◎	搖搖（一種玩具）
ヨーロッパ	[Europe]	③	歐洲
ヨーグルト	[yoghurt]	③	乳酪

即時貼

注意不要混淆片假名 "ヤ（や）" 和 "セ（せ）"；"ユ（ゆ）" 和 "コ（こ）"。

◇ 句子練習

聽説下列句子，注意讀音和語調。

1. あれは美_{うつく}しい夕方_{ゆうがた}です。　　　那是個美麗的黃昏。
2. 彼_{かれ}は勇気_{ゆうき}を持_もちます。　　　他有勇氣。
3. 弟_{おとうと}の服_{ふく}が汚_{よご}れます。　　　弟弟的衣服髒了。
4. 北京_{ぺきん}へようこそ。　　　歡迎您到北京來。
5. 八百屋_{やおや}でトマトを買_かいました。　在蔬果店買了番茄。
6. 昨夜_{さくや}に雪_{ゆき}が降_ふりました。　昨晚下雪了。
7. お母_{かあ}さんが必要品_{ひつようひん}を用意_{ようい}します。　媽媽在準備必需品。

8. 甲：おはようございます。
　　　早上好。

　乙：おはようございます。
　　　早上好。

◇ 綜合練習

1. 書寫練習。寫出與平假名對應的片假名。
やおや＿＿＿＿＿　ゆくえ＿＿＿＿＿　よこ＿＿＿＿＿
寫出與片假名對應的平假名。
ヤング ＿＿＿＿＿　ユネスコ＿＿＿＿＿　ヨ＿＿＿＿＿

2. 辨音練習。比較練習以下長短音。

{や　　［屋］① 店舖　　　{やど　　［宿］① 旅館
{やあ　　　　① 哎呀　　　{ヤード［yard］① 碼

〔ゆき　　［雪］　②雪
〔ゆうき［勇気］①勇氣

〔ゆ　　　［湯］　①滾水
〔ゆう　［結う］◎梳理［頭髮］

〔よこ　　　［横］　◎旁邊
〔ようこう［陽光］◎陽光

〔よい　　［良い］①優秀的
〔ようい［用意］①準備

ゆ、よ比較練習。

〔ゆうき［勇気］①勇氣
〔ようき［容器］①容器

〔とくゆう［特有］◎特有
〔とくよう［得用］◎經濟適用

〔しゆう［私有］◎私有
〔しよう［使用］◎使用

〔ゆくゆく［行く行く］◎將來
〔よくよく　　　　　　◎仔細地

3. 聽寫練習。聽錄音，把括號內缺少的平假名寫在橫線上。

① 休みをとる。　　　　　　　請假。　　　　　＿＿＿＿＿

② 夢を見る。　　　　　　　　做夢。　　　　　＿＿＿＿＿

③ 予約を入れる。　　　　　　預訂。　　　　　＿＿＿＿＿

④ 余暇を過ごす。　　　　　　度過業餘時間。　＿＿＿＿＿

⑤ 山に登る。　　　　　　　　登山。　　　　　＿＿＿＿＿

⑥ 泳ぐ。　　　　　　　　　　游泳。　　　　　＿＿＿＿＿

⑦ 横になる。　　　　　　　　躺下。　　　　　＿＿＿＿＿

⑧ 勇気を出してください。　　請拿出勇氣來。　＿＿＿＿＿

⑨ 彼は愉快な人です。　　　　他是一個很快活的人。

　　　　　　　　　　　　　　　　　　　　　　＿＿＿＿＿

⑩ 山本さんが大豆を食べている。　山本在吃大豆。

　　　　　　　　　　　　　　　　　　　　　　＿＿＿＿＿

◇ 句型練習

用替換詞替換句中的劃線詞。

月_{げつ}曜_{よう}日_び（星期一）	火_か曜_{よう}日_び（星期二）

<table>
月曜日（星期一）　　火曜日（星期二）
水曜日（星期三）　　木曜日（星期四）
金曜日（星期五）　　土曜日（星期六）
</table>

甲：いつ上_{うえ}野_のに行_いきますか。甚麼時候去上野？

乙：日_{にち}曜_{よう}日_び上_{うえ}野_のに行_いきます。星期日去上野。

第二節　特殊音的音調規律

一般來説，日語的高音部分中最後一個高音不落在連元音或長音符號、撥音、促音這樣的特殊音上。如果按照音調規律，最後一個高讀音為這樣的特殊音，則要前移一個音拍。

比如起伏型形容詞、動詞一般為②調，但如果最後一個高讀音為以上特殊音，則前移一個音拍，成為③調。如：

一 長音符號前移：

おおい［多い］①，③多的
とおる［通る］①，③走過

一 連元音前移：

かえる［帰る］①，③回來
はいる［入る］①，③進入

再如複合詞"名詞＋会_{かい}"，"名詞＋局_{きょく}"中，一般規律為音調高讀到前詞最後一個假名，但如果遇到特殊音，則高音部分的最後一個音前移一個假名。如：

一 撥音前移：

いいんかい［委員会］②，④

ゆうびんきょく［郵便局］③，④

影吧　　　『名探偵コナン』《柯南》：小蘭叫柯南吃早飯。

| 蘭：コナン君_{くん}！ご飯_{はん}よ！ | （柯南，吃飯啦！） |
| コナン：すぐ行_いくよ！ | （我馬上過去啦！） |

第十章
假名與音調（九）🎧09

ら行

平假名	ら	り	る	れ	ろ
片假名	ラ	リ	ル	レ	ロ
羅馬字	ra	ri	ru	re	ro

第一節 ら行

平假名：	ら	り	る	れ	ろ
片假名：	ラ	リ	ル	レ	ロ
羅馬字：	ra	ri	ru	re	ro
國際音標：	[ɾɑ]	[ɾi]	[ɾɯ]	[ɾe]	[ɾo]

◇ 發音與口型

　　ら行假名由濁輔音 [ɾ] 分別與元音 [ɑ]、[i]、[ɯ]、[e]、[o] 相拼成。

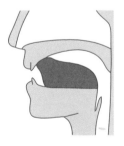

[ɾ]：舌前端抵上齒齦，在氣流衝出時輕彈一下發音，聲帶振動。

　　注意：不要受羅馬字的影響，把該音發成漢語或英語的 [r] 音。

◇ 字形與筆順

	平假名
平假名	ら　り　る　れ　ろ
片假名	ラ　リ　ル　レ　ロ

◇ 詞源巧記

平 假 名		片 假 名	
ら	良—ら—ら	ラ	良—ラ
り	利—り—り	リ	利—リ
る	留—る—る	ル	流—ル
れ	礼—礼—れ	レ	礼—レ
ろ	呂—呂—ろ	ロ	呂—ロ

語呢　　動詞謂語句（肯定式）的敬體與簡體

敬體：動詞連用形＋ます及其活用（ました、ましょう等）

簡體：動詞基本形及其活用

① ゲームをします。　　　　　玩遊戲。（敬體）

② ゲームをしました。　　　　玩遊戲了。（敬體過去式）

③ ゲームをする。　　　　　　玩遊戲。（簡體）

④ ゲームをした。　　　　　　玩遊戲。（簡體過去式）

白い鳥、黒い鳥 (白的鳥，黑的鳥)

◇ 平假名單詞練習

讀下列單詞，注意讀音和音調，長音標注下劃線。

ら

らいれき	［来歴］	◎	來歷
らいげつ	［来月］	①	下個月
らくらく	［楽々］	◎	舒適地
からだ	［体］	◎	身體

り

りえき	［利益］	①	利益；利潤
りかい	［理解］	①	理解；體諒
りゆう	［理由］	◎	原因，理由
くすり	［薬］	◎	藥

る

るいひ	［類比］	◎	比較，類推
るいする	［類する］	③	類似；媲美
るす	［留守］	①	看家；外出
はる	［春］	①	春天

れ

れつ	［列］	①	列，隊伍
れつあく	［劣悪］	◎	劣質，惡劣
れい	［礼］	◎	禮節；道謝
れいか	［零下］	①	零下

ろ

ろくが	［録画］	◎	錄像
ろうどく	［朗読］	◎	朗讀
ろう れい	［老齢］	◎	老齡
しろい	［白い］	②	白色的

◇ 短語練習

くすり　だ
薬を出す (開藥)

くすり　の
薬を飲む (吃藥)

くすり
薬をぬる (塗藥)

くすり
薬をつける (上藥)

からだ　おお
体が大きい（個子大）

からだ　ちい
体が小さい（個子小）

諺語 :

病例
高血壓

いちり いちがい
一利一害（有一利必有一害）

◇ 片假名單詞練習

讀下列單詞，注意讀音和音調。

ラ

| ライス | [rice] | ① | 米飯 |

ライス　[rice] ①　　　　　　　　　　米飯
ライフ　[life] ①　　　　　　　　　　生活

リ

リーダー　[leader] ①　　　　　　　　領導人
リスト　　[list]　　①　　　　　　　　目錄

ル

ルーフ　　　　[roof]　　　①　　　　　屋頂
ルール　　　　[rule]　　　①　　　　　規則；尺子
ルームメート　[roommate] ④　　　　　室友

レ

レコード　[record] ②　　　　　　　　唱片
トイレ　　[toilet] ①　　　　　　　　廁所

ロ

ローカル　[local] ①　　　　　　　　本地的
ローズ　　[rose] ①　　　　　　　　　玫瑰

即 時 貼

注意不要混淆片假名"ラ（ら）"和"フ（ふ）"。

◇ 句子練習

聽說下列句子，注意讀音和語調。

1. ローズが美(うつく)しいです。　　　　　　玫瑰花很美。

2. これは買(か)い物(もの)のリストです。　　　這是購物清單。

3. お礼(れい)を申(もう)し上(あ)げます。　　　　向您道謝。

4. 先生(せんせい)がレコードを聞(き)きます。　　老師聽唱片。

5. 学生(がくせい)がテキストを朗読(ろうどく)します。　學生朗讀課文。

6. ご飯(はん)の後(あと)で薬(くすり)を飲(の)んでください。　請飯後吃藥。

7. 春(はる)は暖(あたか)たいです。　　　　　　春天很暖和。

8. 甲：王(おう)さん、新(あたら)しい車(くるま)を買(か)っ
　　　たんですか。

　　　小王，你買了新車呀？

　乙：いや、友達(ともだち)の車(くるま)を借(か)りて
　　　きたんです。

　　　不是，這是向朋友借的車。

◇ 綜合練習

1. 書寫練習。寫出與平假名對應的片假名。

からだ_____　り_____　るす_____　れ_____　ろ_____

寫出與片假名對應的平假名。

ラ_____　リスト_____　ル_____　レジ_____　ロ_____

2. 辨音練習。比較練習以下長短音。

$$
\begin{cases}
から & ［空］② 空 \\
カラー ［color］① 顏色
\end{cases}
\quad
\begin{cases}
ラブ ［love］① 愛 \\
ラーメン　① 熱湯麵
\end{cases}
$$

$$
\begin{cases}
りし & ［利子］① 利息 \\
リード ［lead］① 領導
\end{cases}
\quad
\begin{cases}
りち　　 ［理智］① 理智 \\
リーダー ［leader］① 領導人
\end{cases}
$$

$$
\begin{cases}
るす & ［留守］① 外出 \\
ルーフ ［roof］① 屋頂
\end{cases}
\quad
\begin{cases}
るい ［類］① 同類 \\
ルール ［rule］① 規則
\end{cases}
$$

$$
\begin{cases}
れつ & ［列］① 隊伍 \\
レース ［race］① 比賽
\end{cases}
\quad
\begin{cases}
きれ　 ［切れ］② 切片 \\
きれい ［奇麗］① 美麗
\end{cases}
$$

$$
\begin{cases}
ろ & ［炉］◎ 火爐 \\
ろう ［労］① 勞苦
\end{cases}
\quad
\begin{cases}
ろか　 ［濾過］① 過濾 \\
ろうか ［廊下］◎ 走廊
\end{cases}
$$

3. 聽寫練習。聽錄音，把括號內缺少的平假名寫在橫線上。

① （　　）でした。　　　　　　好久不見了。　　＿＿＿＿＿＿

② お昼を食べる。　　　　　　　吃午飯。　　　　＿＿＿＿＿＿

③ 芥子をつける。　　　　　　　蘸芥末。　　　　＿＿＿＿＿＿

④ 記録をとる。　　　　　　　　做記錄。　　　　＿＿＿＿＿＿

⑤ 例を挙げて説明する。　　　　舉例說明。　　　＿＿＿＿＿＿

⑥ 理解できません。　　　　　　不理解。　　　　＿＿＿＿＿＿

⑦ 六に二を足をすと八になる。　六加二等於八。　＿＿＿＿＿＿

⑧ 車を買いました。　　　　　　買了車。　　　　＿＿＿＿＿＿

⑨ 顔色が悪いですね。　　　　　臉色很不好啊。　＿＿＿＿＿＿

⑩ 彼の専門は法律です。　　　　他專攻法律。　　＿＿＿＿＿＿

◇ 句型練習

用替換詞替換句中的劃線詞。

大阪（大阪）	横浜（横濱）
長崎（長崎）	広島（廣島）

甲： どこから来ましたか。　　　　　您從哪來？

乙： 神戸から来ました。　　　　　從神戸來。

即時貼

　　"来る"為カ變動詞，其連用形為：き，未然形和推量形為：こ。

第二節　後續助詞的音調

後續助詞按照音調規則可分為：

一、附屬型。多為單音拍助詞，特點是：音調隨前詞，即"◎調詞後高讀，非◎調詞後低讀"。這類助詞主要有：が、で、と、に、は、へ、も、や、よ、を、から、きり、ほど、として等。如：

1. あそこに猫がいます。那裏有貓。

   （あそこ　◎ → あそこに ◎

   ねこ［猫］① → ねこが ①）

2. 上野から来ました。從上野來。

   （うえの［上野］◎ → うえのから ◎）

→ 助詞の除了具有附屬型助詞的特點外，特殊的地方是，它在尾高型名詞或詞尾為長音、撥音等特殊音拍的②型詞後時，會把前詞變成◎型。如：

   やすみ［休み］③ → やすみの ◎

   にほん［日本］② → にほんの ◎

   きのう［昨日］② → きのうの ◎

二、半附屬型。多為 2 或 3 音拍詞，特點是：◎調詞後，高讀到助詞第一個音拍，非◎調詞後，隨原調，即助詞低讀。這類助詞主要有：こそ、さえ、すら、だの、では、でも、とも、など、なり、には、のみ、まで、やら、ゆえ、より、かしら、だって、なんか、なんて、よりも等。如：

1. 私は水泳などが好きです。　　　　我喜歡游泳甚麼的。

   （すいえい［水泳］◎ → すいえいなど ⑤）

2. 私は河馬などが好きです。　　　　　我喜歡河馬甚麼的。
　（かば［河馬］① → かばなど①）

3. 柿が赤いかしら。　　　　　　　　　柿子是不是很紅？

　（あかい［赤い］◎ → あかいかしら④）

4. 柿が青いかしら。　　　　　　　　　柿子是不是很青？

　（あおい［青い］② → あおいかしら②）

三、獨立型。助詞的音調不受前詞影響，這樣的助詞數量較少，主要有：だけ、くらい（ぐらい）、ばかり等。無論前詞是甚麼音調，"だけ"都可以讀成◎型；"くらい（ぐらい）、ばかり"都可高讀到第一個假名；此外它們在非◎調詞時也都可以低讀。如：

飲めるだけお飲みなさい。　能喝多少就喝多少。

影吧　『絶対彼氏』《絕對男友》：井澤梨衣子（りいこ）去救機器人奈特（ナイト），路遇創志（そうし）。

りいこ：すいません。わたし、パリには行きません。①②
　　　　（對不起。我不能去巴黎了。）
そうし：待ってよ。どういうことだよ。③④
　　　　（等等啊，發生甚麼啦？）
りいこ：ナイトをほうってなんていけません。⑤
　　　　（我不能不管奈特。）
答疑：第2句，に，格助詞，表到達的場所；は，提示助詞，パリに為句子主題。第3句，て後省略ください；第5句，ほうってほうる（不管）的音便形；なんて，加強否定語氣。

第十一章
假名與音調（十）🎧10

わ行

平 假 名	わ	い	う	え	を
片 假 名	ワ	イ	ウ	エ	ヲ
羅 馬 字	wa	i	u	e	o

第一節　わ行

平假名：	わ	［い］	［う］	［え］	を
片假名：	ワ	［イ］	［ウ］	［エ］	ヲ
羅馬字：	wa	［i］	［u］	［e］	o
國際音標：	［wɑ］	［i］	［ɯ］	［e］	［o］

◇ 發音與口型

わ行實際只有わ、を兩個假名。

わ由半元音 [w] 與 [ɑ] 相拼而成。

を的發音同お，用作助詞。

[w]：舌後縮，舌後抬高。雙唇略微合攏，
氣流流出時產生輕微的摩擦發音，聲
帶振動。
注意：雙唇不要太圓和突出。

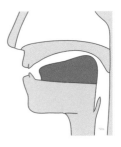

◇ 字形與筆順

| 平假名 | | |

| 片假名 | | |

◇ 詞源巧記

平　假　名		片　假　名	
わ	和—和—わ	ワ	和—ワ
を	遠—を—を	ヲ	乎—ヲ

語吧　　**動詞謂語句（否定式）的敬體與簡體**

> 敬體：動詞連用形＋ません及其活用（ませんでした等）
>
> 簡體：動詞未然形＋ない及其活用（なかった等）
>
> ① 行きません。　　　　　不去。　　　（敬體）
>
> ② 行きませんでした。　　沒去。　　　（敬體過去式）
>
> ③ 行かない。　　　　　　不去。　　　（簡體）
>
> ④ 行かなかった。　　　　沒去。　　　（簡體過去式）

草鞋を穿く（外出旅行）

草鞋を脱ぐ（結束旅行生活）

◇ 平假名單詞練習

讀下列單詞，注意讀音和音調，長音標注下劃線。

わ

わかい	［若い］	②	年輕的；嫩的
わかば	［若葉］	①	嫩葉，綠葉
わかる	［分かる］	②	明白
われる	［割れる］	◎	碎，裂
わらじ	［草鞋］	◎	草鞋
かわ	［皮］	②	皮
せわ	［世話］	②	幫助，照料
わあ わあ		①	哇哇（大哭聲）

◇ 片假名單詞練習

讀下列單詞，注意讀音和音調。

ワ

ワイヤー	[wire]	①	電線，金屬絲
ワイン	[wine]	①	葡萄酒
ワイド	[wide]	①	廣博
ワイフ	[wife]	①	妻子
ワンピース	[one-piece]	③	連衣裙

即時貼

注意不要混淆片假名"ワ（わ）"和"ウ（う）"。

◇ 句子練習

聽説下列句子，注意讀音和語調。

1. 緑の若葉が美しいです。　　　　　緑色的嫩葉很美。

2. ワインの瓶が割れた。　　　　　　葡萄酒瓶碎了。

3. 分かりましたか。　　　　　　　　你明白了嗎？

4. りんごの皮をむいてくたさい。　　請幫我削蘋果皮。

5. 甲：今年はいろいろお世話になりました。

　　　ありがとうございました。

　　　今年承蒙您的照顧，非常感謝。

　　乙：いいえ、こちらこそお世話になりました。

　　　哪裏哪裏，我才是受到您的照顧了。

6. 甲：ゲストは午後三時に

　　　つきます。

　　　客人下午三點到。

　　乙：私が迎えに行きます。

　　　我去迎接吧。

◇ 綜合練習

1. 書寫練習。寫出與平假名對應的片假名。

かわ＿＿＿＿＿ せわ＿＿＿＿＿ わかば＿＿＿＿＿

寫出與片假名對應的平假名。

ワイヤ＿＿＿＿＿ ワイン＿＿＿＿＿

2. 聽寫練習。聽錄音，把括號內缺少的平假名寫在橫線上。

① 皺をのばします。 把褶撫平。 ＿＿＿＿＿＿＿＿

② 悪口を言う。 說壞話。 ＿＿＿＿＿＿＿＿

③ 打ち合（　）をします。 預先商量。 ＿＿＿＿＿＿＿＿

④ お湯を沸かします。 水滾了。 ＿＿＿＿＿＿＿＿

⑤ 話が終（　）ました。 話說完了。 ＿＿＿＿＿＿＿＿

⑥ 家に居ります。 在家。 ＿＿＿＿＿＿＿＿

◇ 句型練習

用替換詞替換句中的劃線詞。

| 砂糖<ruby>さとう</ruby>（糖） | 芥子<ruby>からし</ruby>（芥末） | 醬油<ruby>しょうゆ</ruby>（醬油） |
| 山葵<ruby>わさび</ruby>（山葵） | ソース（調味汁） | |

甲：何<ruby>なに</ruby>をおつけしますか。　　我為您加些甚麼（調料）？

乙：塩<ruby>しお</ruby>をください。　　　　　請給我鹽。

即時貼

　…をください，表授受，ください為尊敬語；動詞連用形＋てください，表請求（對方）做某事，口語中ください可省略。

第二節　後續助動詞的音調

一、助動詞だ（で）、た、たい、れる／られる、せる／させる等在平板型（◎調）詞後隨原調高讀；在起伏型（非◎調）詞後則有不同的讀法：だ（で）低讀，た讀③調，れる／られる高讀到れ，せる／させる高讀到せ，たい高讀到た，如：

1. うお［魚］◎　→　うおだ。是魚。◎
2. いく［行］◎　→　いった。去了。◎
3. いえ［家］②　→　いえだ。是房子。②
4. はなせる［話せる］③　→　はなせた。會説過。③

二、助動詞です（でした）、だった（だったら、だったり）、ようだ、だろう、でしょう等在起伏型詞後隨原調低讀，在平板型詞後則有不同的讀法：です（でした）、だった（だったら、だったり）、ようだ高讀到助詞的第一個假名，だろう、でしょう高讀到助詞的第二個假名。如：

1. いえ［家］②→ いえです。是房子。②
2. はなせる［話せる］③→ はなせるだろう。會説吧。③
3. うお［魚］◎→うおです。是魚。　③
4. いく［行］◎→ いくだろう。會去吧。④

三、否定助動詞ない在平板型動詞後高讀到な，在起伏型動詞後讀③調，ない後的助詞都讀低調。

1. いく［行］◎　→ いかない③
　　　　　　　　→ いけないので③
2. はなせる［話せる］③　→ はなせない③
　　　　　　　　　　　→ はなせないので③

四、助動詞ます（ました、まして、ません、ませんでした）等音調不受前詞影響。無論前詞是甚麼音調，ます、ました、まして都高讀到ま，ません、ませんでした都高讀到ませ。

　1. いく［行］◎　→ いきます。去。　③
　　　　　　　　　　→ いきません。不去。④
　2. わかる［分かる］②→ わかりました。知道了。④
　　　　　　　　　　　→ わかりません。不懂。⑤

　　日語的音調比較複雜，但大家了解基本規律後，在實際運用中注意總結，就可以舉一反三。

影吧　　『篤姫』《篤姫》：尚五郎和於一談論剛來提親的右近君。

尚五郎：	いかがでしたか。右近様^{うこんさま}は。	①②
	（覺得右大人怎麼樣？）	
於一：	よさそうな方^{かた}でした。すこし安心^{あんしん}しました。	③④
	（看起來像是不錯的人。我也稍微放心了。）	
尚五郎：	於一殿^{お かつどの}らしくないな。	⑤
	（這話一點不像於一小姐您啊！）	

答疑：でした（です的過去式），ました（ます的過去式），都為助動詞（敬體）。第5句，ない，否定助動詞；らしい，在名詞後為形容詞，像……似的，後續ない時用連用形：らしく；句末な，表感歎終助詞。第2、5句，様，敬稱，用在姓名或表人的名詞後；殿，敬稱，用在姓名或官銜後。第3句，方，"人"的敬稱。

第十二章

特殊音 🎧11

　　日語中除了清音、濁音、半濁音，還有長音、撥音、促音、拗音這樣的特殊音。

　　下面我們來學習它們。

第一節 長音

我們知道"あ、い、う、え、お"不僅是元音,還是長音符號。關於長音我們在前面各章中隨時練習了,相信大家已經掌握了長音的表示方法和讀法。現在我們來溫故而知新。

長音表示方法具體如下:

平假名的長音規則
あ段假名後加"あ",如 ああ,かあ,ざあ。
い段假名後加"い",如 いい,きい,ちい。
う段假名後加"う",如 くう,ずう,つう。
え段假名後加"い",如 えい,けい,ぜい;個別詞加"え",如 ええ。
お段假名後加"う",如 おう,こう,ぞう;個別詞加"お",如 おおい。
外來語的長音規則
外來語的長音一律用"—"(豎寫時用"｜")表示,如アート。
羅馬字的長音規則
羅馬字的長音是在元音字母上方加"＾",如:kêki,如果全用大寫字母時,可以將元音字母雙寫,如 OOMIYA(大宮),也可以不用長音符號,如 TOKYO(東京)。

"あ、い、う"段的長音符號分別為本段的元音,很好記,而"え、お"段的長音卻分別為"い、う",只有個別詞為本段元音,如:"おおい"中,"おお"為長音。

日語的長音發音長度約為短音的 2 倍。長短音在日語中可以區別詞意,如果把長音讀成短音,意思就不同了。由於漢語沒有長短音之分,所以練習日語長音時一定要把拍發夠,不要偷懶。

語吧 男女之別

日語口語中還存在男女有別的情況,女性用語體現了女性的柔美、委婉,了解它們可以讓你的口語更地道哦!

日語的男女之別主要表現在感歎詞、終助詞上。如感歎詞上,女性樂於使用"まあ、わあ、あら、ちょいと"等語感柔和的詞,而男性則多用"ほう、おい、なあ、くそ"等語氣強烈的詞。

女:まあ、かわいい!嘿,好可愛!

男:なあ、寒いよ。啊,好冷哦!

◇ 單詞練習

讀下列單詞,長音標注下劃線。

平假名

平假名			
ああいう		◎	那樣的
おかあさん	[お母さん]	②	媽媽
いいあう	[言い合う]	③	交談;爭論
おじいさん		②	祖父,爺爺
くうき	[空気]	①	空氣
そう		①	那樣
えいご	[英語]	◎	英語

きえい	［気鋭］	◎	生氣勃勃
おう	［王］	①	國王；王子
そうぞう	［創造］	◎	創造

片假名

カー	[car]	①	汽車
アート	[art]	①	藝術，美術
オーケー	[OK]	①	可以

特例

個別詞中，"え、お"段假名的長音符號分別為"え、お"。如：

ええ		①	是
おねえさん	［お姉さん］	②	姐姐
そうですねえ。			是啊。
おおい	［多い］	①②	多的
おお きい	［大きい］	③	大的
おお ぜい	［大勢］	③◎	許多人
こおり	［氷］	◎	冰

需要注意的是長音出現在字的內部，如果兩個假名分屬於不同的字，則不讀長音，如"絵入り"中，え與い分別對應兩個字，所以不讀長音；"場合"中，ば與あ分屬於兩個字，所以"ばあ"也不讀長音，再如"地位"中，ち與い分別對應兩個字，所以也不讀長音，而"小さい"中，ちい對應一個字"小"，則讀長音。

◇ 對話練習

甲：王さんですか。　　　　　　你是王先生嗎？
乙：いいえ、欧陽です。　　　　不是。我姓歐陽。

即時貼

部分漢語姓氏對應的假名： 李 り　胡 こ　吳 ご
侯，高 こう　　　楊 よう　　　宋 そう　　　林 りん
張，趙 ちょう　　周 しゅう　　毛 もう　　　朱 しゅ
徐 じょ　　　　　馬 ば　　　　司馬 しば

第二節　撥音

平假名：　　　ん

片假名：　　　ン

羅馬字：　　　n（如果需要將n與後面的元音字母或y分開，
　　　　　　　　在 n 後加分割號 "'"，如 ken'ei）

◇ 發音與口型

　　ん被稱為撥音，它不能單獨發音，也不用在詞首，一般出現在詞中或詞尾，依附在其他假名後面。雖然ん必須依附在其他假名後，但其發音長度和其他假名一樣，也為一拍。

　　ん的發音特點是鼻音，即氣流通過鼻腔發音，其具體的發音方式受後面假名發音的影響，會略有不同，分別為：

　　1. 位於 [p][b][m]（即ぱ行、ば行、ま行假名）前時，受後音雙唇輔音的影響，ん發 [m] 音，即雙唇閉上，堵住氣流在口腔的通道，讓氣流從鼻腔流出發音，如：

しんぴ　　　［神秘］　　①　　　　神秘

かんばせ　　　　　　　　◎　　　　容貌

がんもく　　［眼目］　◎　　　　重點，要點

　　2. 位於 [t][d][n][l][dz]（即た行、だ行、な行、ら行、ざ行假名）前時，受後音靠舌前抵上齒齦發輔音的影響，ん發 [n] 音，即舌前端抵上齒齦，堵住氣流在口腔的通道，使氣流從鼻腔流出發音，如：

おんたい　　［溫帶］　④　　　　溫帶

こんど　　　［今度］　①　　　　此次

えんねつ	［炎熱］	◎	炎熱
きんり	［金利］	①	利率
かんじ	［漢字］	◎	漢字

3. 位於 [k][g]（即か行、が行假名）前時，受後音舌後貼住軟腭發輔音的影響，ん發 [ŋ] 音，即舌後部貼住軟腭，堵住氣流在口腔的通道，使氣流從鼻腔流出發音，如：

| けんか | ［喧嘩］ | ③ | 爭吵 |
| さんご | ［珊瑚］ | ① | 珊瑚 |

4. 在 [s][h]、元音、半元音（即さ行、は行、あ行、や行、わ行音）前時，ん和後音幾乎為同樣口型，氣流從口腔、鼻腔同時流出發鼻音，如：

せんせい	［先生］	③	老師
きねんひ	［記念碑］	②	紀念碑
おんあい	［恩愛］	◎	恩愛
かんゆ	［肝油］	◎	肝油
かんわ	［緩和］	◎	緩和

5. 位於詞尾時，ん發 [N] 音，即幾乎和前面假名的元音為同一口型，舌後抬高，小舌下垂，輕觸舌根，氣流從鼻腔流出發音，如：

そうあん	［草案］	◎	草案
びじん	［美人］	①	美人
ほん	［本］	①	書

總結起來，ん的發音除了在詞尾受前音的影響外，在詞中時要受到後音影響，發音部位接近後音，這也是為了後續發音的方便。

◇ 字形與筆順

平假名

片假名

◇ 詞源巧記

平　假　名		片　假　名	
ん	無—え—ん	ン	二—ン

語吧　　男性用終助詞

> 　　**男性專用**：ぞ（表自言自語；升調），ぞ或ぜ（表提醒、警告；升調）；**男性多用**：ね（え）（與疑問詞呼應表詢問；升調），連用形＋な/なよ（表隨和、客氣的命令或勸説；降調）
>
> 　　① おかしいぞ（↗）。　　　　　　　真奇怪啊！
>
> 　　② いいか、なげるぞ（↗）。　　　　怎麼樣，我要扔啦！
>
> 　　③ ここに何と書いてあるね（↗）。　這寫着甚麼啊？
>
> 　　④ ピンポンをしな（↘）。　　　　　要練乒乓球哦！

邯鄲の歩み（邯鄲學步）

邯鄲の夢（黃粱美夢）

◇ 平假名單詞練習

讀下列單詞，注意讀音和音調。

がんばる	［頑張る］	③	加油
びんぼう	［貧乏］	①	貧窮
えんぽう	［遠方］	◎	遠方
うんめい	［運命］	①	命運
きんぞく	［金属］	①	金屬
ぶんか	［文化］	①	文化
ぶんがく	［文学］	①	文學
べんごし	［弁護士］	③	律師
せんたく	［選択］	④	選擇
いんどう	［引導］	③	引導
あんない	［案内］	③	嚮導
べんり	［便利］	①	便利
ぞんじる	［存じる］	③◎	知道；認為
おんし	［恩賜］	①	恩賜
いんよう	［引用］	◎	引用
でんわ	［電話］	③	電話
えいがかん	［映画館］	③	電影院
ごぜん	［午前］	①	上午
たいへん	［大変］	◎	很，非常
ぶもん	［部門］	①	部門
はつおん	［発音］	◎	發音
けんいん	［牽引］	◎	牽引
こんばん	［今晩］	①	今晚
でんげん	［電源］	③◎	電源
ろんぶん	［論文］	◎	論文
うんてん	［運転］	◎	開車

即時貼

ん的長度和其他假名一樣，為一拍，注意發音長度要夠。

◇ 片假名單詞練習

讀下列單詞，注意讀音和音調。

フランス	[France]	◎	法國
アンケート	[法 enguete]	③	問卷調查
インク	[ink]	①	墨水
ピンク	[pink]	①	粉紅色
ヤング	[young]	①	年輕人
ダイニング	[dining]	①	進餐，吃飯
モンゴル	[Mongol]	①	蒙古
ワンピース	[one - piece]	③	連衣裙
ジーンズ	[jeans]	①	牛仔褲
ダイヤモンド	[diamond]	④	鑽石
ペン	[pen]	①	鋼筆
ガロン	[gallon]	①	加侖 [液體容積單位]
ガソリン	[gasoline]	◎	汽油
グリーン	[green]	②	綠色；草地
クイーン	[queen]	②	皇后，女王
バレンタイン・デー	[Valentine Day]	⑤	情人節

◇ 句子練習

聽説下列句子，注意讀音和語調。

1. 今日（こんにち）は。　　　　　　　　你好！

2. 今晩（こんばん）は。　　　　　　　　晚上好！

3. アメリカ人（じん）がフォークを使（つか）います。　美國人用餐叉。

4. イタリア人（じん）がパイを食（た）べます。　意大利人吃薄餅。

5. ゲストは午後三時（ご ごさんじ）につきます。　客人下午三點到。

6. お父（とう）さんがお酒（さけ）を飲（の）んでいます。　爸爸在喝酒。

7. 日本文化（にほんぶんか）について論文（ろんぶん）を書（か）いています。

　寫了有關日本文化的論文。

8. 甲：仕事（しごと）は仕上（しあ）げましたか。

　　工作做完了嗎？

　乙：挿絵（さしえ）はまだ入（い）れていません。

　　插圖還沒加。

◇ 綜合練習

1. 書寫練習。寫出與平假名對應的片假名。

えんぽう＿＿＿＿＿ いんよう＿＿＿＿＿ うんてん＿＿＿＿＿

寫出與片假名對應的平假名。

ヤング＿＿＿＿＿ ポイント＿＿＿＿＿ モンゴル＿＿＿＿＿

2. 辨音練習。比較練習以下有撥音和無撥音的單詞，體會撥音的讀法。

お	［尾］	① 尾巴	かいて	［買い手］◎	買主
おん	［恩］	① 恩情	かいてん	［開店］ ◎	開張
へいき	［兵器］	① 兵器	めいし	［名刺］◎	名片
へいきん	［平均］	◎ 平均	めいしん	［迷信］◎	迷信
まき	［薪］	◎ 劈柴	ろぎん	［路銀］◎	旅費
まんき	［満期］	◎① 滿期	ろんぎ	［論議］①	議論
ほこう	［歩行］	◎ 步行	ほど	［程］ ◎	程度
ほんこう	［本校］	◎ 本校	ほんど	［本土］①	本土
ほどう	［歩道］	◎ 人行道	ろし	［濾紙］①	濾紙
ほんどう	［本堂］	① 正殿	ろんし	［論旨］①	論點
りかい	［理解］	① 理解	りじ	［理事］①	董事
りんかい	［臨界］	◎ 臨界	りんじ	［臨時］◎	臨時

3. 聽寫練習。聽錄音，把括號內缺少的平假名寫在橫線上。

① 大変^{（　　）}だ。　　　　　糟了。　　　　　＿＿＿＿＿＿

② 彼_{かれ}の財産^{（　　）}が増加_{ぞうか}します。　他的財產增加了。　＿＿＿＿＿＿

③ 彼_{かれ}は幸運^{（　　）}な人_{ひと}です。　他是個幸運的人。　＿＿＿＿＿＿

④ 全然^{（　　）}分_わかりません。　完全不懂。　＿＿＿＿＿＿

⑤ 彼_{かれ}の専門^{（　　）}は法律_{ほんりつ}です。　他專攻法律。　＿＿＿＿＿＿

⑥ 木金^{（　　）}は忙_{いそが}しいです。　星期四、五很忙。　＿＿＿＿＿＿

⑦ 現金^{（　　）}で払_{はら}います。　支付現金。　＿＿＿＿＿＿

⑧ （　　　） が掃除_{そうじ}します。　大家打掃衛生。　＿＿＿＿＿＿

⑨ 午前^{（　　）}三時_{さんじ}です。　上午 3 點。　＿＿＿＿＿＿

◇ 句型練習

用替換詞替換句中的劃線詞。

<ruby>せん</ruby> 1000	<ruby>ろくせん</ruby> 6000
<ruby>にせん</ruby> 2000	<ruby>ななせん</ruby> 7000
<ruby>さんぜん</ruby> 3000	<ruby>はっせん</ruby> 8000
<ruby>よんせん</ruby> 4000	<ruby>きゅうせん</ruby> 9000
<ruby>ごせん</ruby> 5000	<ruby>いちまん</ruby> 10000

甲：その靴はいくらですか。

　　那雙靴子多少錢？

乙：これは 2000 円です。

　　這雙是 2000 日元。

即時貼

　　讀"一百"和"一千"時，要將"一"略去，如100 円（ひゃくえん），1000 円（せんえん）。"八"與"千"同讀時，"八"促音便，"三"與"千"同讀時，"千"濁音便。

第三節　促音

平假名：　　　　　　　っ

片假名：　　　　　　　ッ

羅馬字：　　　　　　　q（或雙寫促音後假名的輔音字母，如 itten）

◇ 發音與口型

日語的促音是一種頓挫的音節，即屏息停頓一拍再發後面的音。促音一般出現在か行、さ行、た行、ぱ行假名前。

促音用小寫的"っ（ッ）"表示，以和大寫つ相區別。促音大小為普通假名的一半左右，但在稿紙上要佔一格。

促音和其他假名一樣，也是一拍。該音是漢語所沒有的，所以要多練習來掌握它的節奏感。

促音不是單純的停頓一下，其具體發音方法受後音影響會有不同，分別如下：

1. 在 [p]（即ぱ行假名）前，發雙唇塞促音：雙唇緊閉，發音器官處於發 [p] 的準備狀態，屏氣一個音拍的時間，然後氣流衝破雙唇阻礙發後面的音。如：

にっぽん［日本］③日本

じっぴ　［実費］◎實際費用

2. 在 [k][即か行假名] 前，發軟腭塞促音：發音器官處於發 [k] 的準備狀態，屏氣一個音拍的時間，然後解除阻塞發音。如：

みっか〔三日〕③ 三天

れっき〔列記〕◎ 列舉

3. 在 [t](即た行假名) 前，發舌尖塞促音：發音器官處於發 [t] 的準備狀態，屏氣一個音拍的時間，然後衝破阻礙發音。如：

きっと　　　③ 一定

いっち〔一致〕③ 一致

4. 在 [s]、[ʃ](即さ行假名) 前，發摩擦促音：發音器官處於發 [s] 或 [ʃ] 的準備狀態，發無聲摩擦音持續一個音拍的時間，然後發後音。如：

いっせい〔一斉〕④ 同時

ざっし　〔雑誌〕◎ 雜誌

綜上，促音的發音要領是：發音器官停在下一個音輔音的位置，屏氣一個音拍，然後發音，但在 [s]、[ʃ] 前，已經漏出 [s]、[ʃ] 的音，持續摩擦一個音拍的時間。

語呪　女性用終助詞

女性專用：わ (表感歎、主張；升調)，わよ (引起聽話者注意，表明態度；升調)，わね (え) (表贊同，徵求聽話者同意；升調)，のね (徵求對方確認；升調)。

① きれいだ**わ** (↗)。　　　　太美啦！

② にぎやかだ**わよ** (↗)。　　太熱鬧啦！

③ おいしい**わね** (↗)。　　　真好吃哦！

④ あなたトトロっていう**のね** (↗)。　你是托托洛，對嗎？

疾風に勁草を知る（疾風知勁草）

失敗は成功のもと（失敗是成功之母）

◇ 平假名單詞練習

聽説下列句子，注意讀音和語調。

らっかせい	［落花生］	③	花生
れっき	［列記］	◎	列舉
つっきる	［突っ切る］	③	穿過
ぱっくり		③	張開嘴
じっけん	［実験］	◎	實驗
けっこん	［結婚］	◎	結婚
じっさい	［実際］	◎	事實
ねっしん	［熱心］	①③	熱心
せっする	［接する］	④	接觸
けっせき	［欠席］	④	缺席
さっそく		◎	立即
まったく		◎	簡直，完全
くすぐったい		◎⑤	癢癢，難為情
こっち		③	這位，這裏
みっつ	［三つ］	③	三個
きって	［切手］	③◎	郵票
おっと	［夫］	◎	丈夫
しっぱい	［失敗］	◎	失敗
あらっぽい	［荒っぽい・粗っぽい］	◎④	粗暴的
じっぴ	［実費］	◎	實際費用
きっぷ	［切符］	◎	票
いっぺん	［一変］	◎	突然改變

◇ 片假名單詞練習

聽説下列句子，注意讀音和語調。

クイック	[quick]	②	快速
ゴシック	[Gothic]	②	黑體字
ブラック	[black]	②	黑色
ミックス	[mix]	①	攪拌混合
ヒステリック	[hysteric]	④	歇斯底里的
ゴシップ	[gossip]	②	閒談
スーパー・マーケット	[super market] ⑤		超市
ジッパー	[zipper]	①	拉鏈
ヨーロッパ	[Europe]	③	歐洲
スイッチ	[switch]	②	開關
チケット	[ticket]	②	票
ネット	[net]	①	網
インターネット	[internet]	⑤	互聯網
ビスケット	[biscuit]	③	餅乾
マーケット	[market]	③	市場
ユニット	[unit]	①	單位，單元

外來語的促音也出現在"ガ、ザ、ダ、バ"行假名前。

バッグ	[bag]	①	手袋
デッド	[dead]	①	死亡
ヘッド	[head]	①	頭
レッド	[red]	①	紅色

◇ 句子練習

聽說下列句子，注意讀音和語調。

1. 彼は家に戻った。他返回家中了。

2. 父が落花生を食べた。爸爸吃了花生。

3. 里美がワンピースを買った。里美買了件連衣裙。

4. 直子がヨーロッパへ行きます。直子將去歐洲。

5. 中井さんがビザを取った。中井取得了簽證。

6. 栄養の平衡を保って下さい。請保持營養平衡。

7. レッドのローズが美しいです。紅色的玫瑰花很美。

8. 甲：明日、試合があります。

　　明天有比賽。

　乙：頑張ってください。

　　加油哦。

◇ 綜合練習

1. 書寫練習。寫出與平假名對應的片假名。

けっせき_____ みっか_____ ぱっくり_____

寫出與片假名對應的平假名。

クイック_____ フック_____ ユニット_____

2. 辨音練習。比較練習以下有促音和無促音的單詞。

{ いか　　[以下] ① 以下
　いっか　[一家] ① 家

{ かこう　　[河口] ◎ 河口
　かっこう　[滑降] ◎ 下降

{ かさく　　[佳作] ◎ 佳作
　かっさい　[喝采] ◎ 喝彩

{ かそう　　[仮装] ◎ 假裝
　かっそう　[滑走] ◎ 滑行

{ きてき　　[汽笛] ◎ 汽笛
　きって　　[切手] ◎ 郵票

{ くせつ　　[苦節] ◎ 堅貞
　くっせつ　[屈折] ◎ 彎曲

{ こし　　　[輿] 　① 轎子
　こっし　　[骨子] ① 要點

{ ことう　　[孤島] ◎ 孤島
　こっとう　[骨董] ◎ 古董

{ ぜせい　　[是正] ◎ 改正
　ぜっせい　[絶世] ◎ 絕世

{ あ　　① 哎呀
　あっ ① 啊

3. 比較練習。比較聽讀各組單詞，注意大寫つ和小寫っ的區別。

{ いつか　[何時か] ① 何時
　いっか　[一家] 　① 家

{ ねつき　[寝付き] ◎ 入睡
　ねっき　[熱気] 　◎ 熱氣

さつき［五月］◎ 五月　　べつ　［別］　◎ 差別
さっき　　　　① 剛剛　　べっこ［別個］◎ 另一個

もつ　［持つ］① 持拿　　りつ　［率］　① 比率
もっか［目下］① 目前　　りっか［立夏］① 立夏

4.聽寫練習。聽錄音，把括號內缺少的平假名寫在橫線上。

① 毎日学校へ行きます。　　　每天去學校。　　＿＿＿＿＿＿＿

② 切符を買いました。　　　　買了車票。　　　＿＿＿＿＿＿＿

③ 切手を2枚ください。　　　給我2張郵票。　＿＿＿＿＿＿＿

④（　）に来てください。　　請來這裏。　　　＿＿＿＿＿＿＿

⑤ 雑誌はあちらにございます。　雑誌在那邊。　＿＿＿＿＿＿＿

⑥ 王さんは欠席ですか。　　　小王缺席了嗎？　＿＿＿＿＿＿＿

◇ 句型練習

用替換詞替換句中的劃線詞。

<ruby>暑<rt>あつ</rt></ruby>い	<ruby>寒<rt>さむ</rt></ruby>い	<ruby>暖<rt>あたた</rt></ruby>かい	<ruby>涼<rt>すず</rt></ruby>しい
（熱的）	（冷的）	（暖和的）	（涼爽的）

甲：<ruby>昨日<rt>きのう</rt></ruby>、<ruby>私<rt>わたし</rt></ruby>は<ruby>名古屋<rt>なごや</rt></ruby>へ<ruby>行<rt>い</rt></ruby>きました。我昨天去了名古屋。

乙：<ruby>名古屋<rt>なごや</rt></ruby>ですか。お<ruby>天気<rt>てんき</rt></ruby>はどうでしたか。

　　去名古屋了？天氣怎麼樣？

甲：とても<u>よ</u>かったです。　　　　　　非常好。

　　形容詞過去式，詞尾 "い" 變成 "かっ" ＋た，如：よい ——
よかった。

第四節 拗音

拗音是い段假名輔音與"や，ゆ，よ"相拼而成的音。通常來説，日語每個假名都獨立發音，長度相等，為一拍，但只有拗音是兩個假名相拼在一起，共為一拍長。

拗音用小寫的"ゃ，ゅ，ょ"表示。

日語中只有い段假名（除い外）有拗音，詳見下表，括號內為對應的片假名和羅馬字。

きゃ（キャ，kya）	きゅ（キュ，kyu）	きょ（キョ，kyo）
ぎゃ（ギャ，gya）	ぎゅ（ギュ，gyu）	ぎょ（ギョ，gyo）
しゃ（シャ，sya）	しゅ（シュ，syu）	しょ（ショ，syo）
じゃ（ジャ，zya）	じゅ（ジュ，zyu）	じょ（ジョ，zyo）
ちゃ（チャ，tya）	ちゅ（チュ，tyu）	ちょ（チョ，tyo）
にゃ（ニャ，nya）	にゅ（ニュ，nyu）	にょ（ニョ，nyo）
ひゃ（ヒャ，hya）	ひゅ（ヒュ，hyu）	ひょ（ヒョ，hyo）
ぴゃ（ピャ，pya）	ぴゅ（ピュ，pyu）	ぴょ（ピョ，pyo）
びゃ（ビャ，bya）	びゅ（ビュ，byu）	びょ（ビョ，byo）
みゃ（ミャ，mya）	みゅ（ミュ，myu）	みょ（ミョ，myo）
りゃ（リャ，rya）	りゅ（リュ，ryu）	りょ（リョ，ryo）

　　擬拗音：由於拼讀外來語的需要，日語中有一些與"ア、イ、ウ、エ、オ"相拼的特殊音，被稱為擬拗音，它們用小寫的"ア、イ、ユ、エ、オ"表示。如：シェア [share]。詳見下表：

ア	イ	ウ	エ	オ
	ウィ		ウェ	ウォ
クァ	クィ			クォ
			シェ	
			チェ	
ツァ	ツィ		ツェ	ツォ
	ティ	テュ		
ファ	フィ		フェ	フォ
			ジェ	
	ディ	デュ		

　　相對於拗音，其他音則稱為直音。

語咫　　女性用終助詞

　　女性專用：こと（A.表讚歎；降調　B.用在否定式後以徵詢意見的口吻來委婉地勸說；升調），ことよ（表示主張；降調），かしら（以提問方式向對方確認，或接否定式後委婉地表達願望，或自言自問；降調）。

　　① きれいだ<u>こと</u>（↘）！　　　　　　　真美啊！

　　② 行（い）ってみない<u>こと</u>（↗）。　　　　不去看看嗎？

　　③ 言（い）う<u>ことよ</u>（↘）。　　　　　　要說話喲！

　　④ 雨（あめ）が降（ふ）らない<u>かしら</u>（↘）。　要是下雨就好了。

余裕綽綽（從容不迫）

玉石混交（魚目混珠）

◇ 平假名單詞練習

讀下列單詞，注意讀音和音調，長音標注下劃線。

きゃく	［客］	◎	客人
きゃくせき	［客席］	◎	客位
きゅうり	［胡瓜］	①	青瓜
たっきゅう	［卓球］	◎	乒乓球
きょ	［虚］	①	疏忽
きょり	［巨利］	①	巨額利潤
ぎゃく	［逆］	◎	逆，相反
ぎゃくてん	［逆転］	◎	逆轉
ぎゅうにく	［牛肉］	◎	牛肉
ぎょにく	［魚肉］	◎	魚肉
ぎょぐ	［漁具］	①	漁具
ぎょゆ	［魚油］	◎①	魚油
かいしゃ	［会社］	◎	公司
しゃしん	［写真］	◎	照片
かしゅ	［歌手］	①	歌手
しゅい	［趣意］	①	宗旨
いっしょ	［一緒］	◎	一起
ししょ	［私書］	①	私人信件
しょくじ	［食事］	◎	飯食
じゃま	［邪魔］	◎	打擾
じゃどう	［邪道］	◎	邪道
じゅこう	［受講］	◎	聽講課
じゅけん	［受験］	◎	報考

じょ<u>せい</u>	［女性］	◎	女性
じょい	［女医］	◎①	女醫生
おちゃ	［お茶］	◎	茶
ちゃき	［茶器］	①	茶具
ちゃわん	［茶碗］	◎	茶碗
ちゅうがく<u>せい</u>	［中学生］	③	中學生
ちゅうごく	［中国］	①	中國
ちょきん	［貯金］	◎	存款
ちょいちょい		①	時常
<u>にゅう</u>いん	［入院］	◎	住院
<u>にゅう</u>こく	［入国］	◎	入境
<u>にゅう</u>もん	［入門］	◎	入門
にょじつ	［如実］	◎	如實
ひゃく	［百］	②	一百
<u>ひょうか</u>	［評価］	①	評定
<u>ひょうげん</u>	［表現］	③	表現
<u>びゅうろん</u>	［謬論］	◎	謬論
<u>びょうき</u>	［病気］	◎	生病
<u>びょうしゃ</u>	［描写］	◎	描寫
<u>びょうどう</u>	［平等］	◎	平等
さんみゃく	［山脈］	◎	山脈
みゃくらく	［脈絡］	◎	脈絡
<u>みょうじ</u>	［苗字］	①	姓氏
きみょう	［奇妙］	①	奇異
<u>みょう</u>あん	［妙案］	◎	好主意
りゃくせつ	［略説］	◎	簡述

りゃくだつ	［略奪］	◎	掠奪
りゅうがく	［留学］	◎	留學
りゅうかん	［流感］	◎	流感
りゅう　こう	［流行］	◎	流行
りょこう	［旅行］	◎	旅行
りょかん	［旅館］	◎	旅館

◇ 片假名單詞練習

讀下列單詞，注意讀音和音調。

キャンパス	[campus]	①	校園
ジャーナリスト	[journalist]	④	記者
ジャズ	[jazz]	①	爵士樂
ジャスミン	[jasmine]	①	茉莉
ニュース	[news]	①	新聞
ヒューズ	[fuse]	①	保險絲
ヒューマニズム	[humanism]	④	人道主義
ピューマ	[puma]	①	美洲獅
ビューティー	[beauty]	①	美人
ミュージアム	[museum]	①	博物館
ミュージカル	[musical]	①	音樂劇
チョコレート	[chocolate]	③	朱古力
ファッション	[fashion]	①	時裝，流行
パーティー	[party]	①	聚會，宴會
シェア	[share]	①	市場佔有率
フォーカス	[focus]	①	焦點，聚焦

◇ 句子練習

聽説下列句子，注意讀音和語調。

1. 彼は人の財産を略奪する。　　　他掠奪別人的財產。

2. 彼は会社で仕事をしています。　他在公司工作。

3. 会社がホテルでパーティーを開きます。

　　　　　　　　　　　　　　　　公司要在酒店開宴會。

4. お茶を入れてください。　　　　請上茶。

5. 一緒に食事をしましょう。　　　一起吃飯吧。

6. 大学を受験するつもりです。　　我準備考大學。

7. 甲：お茶の中で何が一番好
　　　きですか。

　　　在茶類中，你最喜歡甚
　　　麼茶？

　乙：ジャスミン茶です。い
　　　つもジャスミン茶を飲
　　　みます。

　　　茉莉花茶。我常喝茉莉花茶。

◇ 綜合練習

1. 書寫練習。寫出與平假名對應的片假名。

きゃく＿＿＿＿＿ ししょ＿＿＿＿＿ しゅい＿＿＿＿＿

寫出與片假名對應的平假名。

キャンパス＿＿＿＿＿ ニュース＿＿＿＿＿ ショ＿＿＿＿＿

2. 辨音練習。比較練習以下拗音與非拗音。

$\begin{cases} がくし［学資］ ◎ 學費 \\ がくしゃ［学者］◎ 學者 \end{cases}$　$\begin{cases} ちき［知己］ ① 知己 \\ ちゃき［茶器］① 茶具 \end{cases}$

$\begin{cases} かじ［家事］ ① 家務事 \\ かじゅ［果樹］① 果樹 \end{cases}$　$\begin{cases} かくし［客死］ ◎ 客死 \\ かくしゅ［各種］① 各種 \end{cases}$

$\begin{cases} くうき［空気］ ① 空氣 \\ くうきょ［空虚］① 空虛 \end{cases}$　$\begin{cases} しか［歯科］ ① 牙科 \\ しょか［初夏］① 初夏 \end{cases}$

3. 比較練習。比較聽讀下列單詞，注意大寫"や、ゆ、よ"與小寫"ゃ、ゅ、ょ"的讀音區別。

$\begin{cases} かしや［貸家］◎ 出租的房子 \\ かしゃ［貨車］① 貨車 \end{cases}$　$\begin{cases} きやく［規約］◎ 規章 \\ きゃく［客］ ◎ 客人 \end{cases}$

$\begin{cases} きゆう［杞憂］◎ 杞人憂天 \\ きゅう［急］ ◎ 危急 \end{cases}$　$\begin{cases} しゆう［私有］ ◎ 私有 \\ しゅうあく［醜悪］◎ 醜惡 \end{cases}$

$\begin{cases} きよ［寄与］① 貢獻 \\ きょ［虚］ ① 疏忽 \end{cases}$　$\begin{cases} りよう［利用］◎ 利用 \\ りょう［涼］ ◎ 涼爽 \end{cases}$

4.聽寫練習。聽錄音，把括號內缺少的平假名寫在橫線上。

① 医者を呼んでください。　請叫醫生來。　　＿＿＿＿＿＿

② 彼は有名な歌手です。　　他是有名的歌手。＿＿＿＿＿＿

③ 何時に到着しますか。　　幾點到？　　　　＿＿＿＿＿＿

④ 日本の旅館に泊まります。住在日本旅館。　＿＿＿＿＿＿

⑤ この茶碗は三百円します。

　　這個茶碗值三百日元。　　　　　　　　　＿＿＿＿＿＿

⑥ 邪気をはらいます。　　　驅邪。　　　　　＿＿＿＿＿＿

⑦ しごとに着手します。　　動手工作。　　　＿＿＿＿＿＿

⑧ 努力すれば、かならず成功します。

　　只要努力一定會成功。　　　　　　　　　＿＿＿＿＿＿

◇ 句型練習

用替換詞替換句中的劃線詞。

ひゃく	(100)	にひゃく	(200)
さんびゃく	(300)	よんひゃく	(400)
ごひゃく	(500)	ろっぴゃく	(600)
ななひゃく	(700)	はっぴゃく	(800)
きゅうひゃく	(900)	せん	(1000)

甲： 豚肉(ぶたにく)を 300(さんびゃく) グラムください。請給我 300 克豬肉。

乙： 300(さんびゃく) グラムで 500(ごひゃく) 円(えん)いただきます。

　　300 克肉共收 500 日元。

注意 "三"、"六"、"八" 與 "百" 同讀時的音便現象。

第五節　拗長音、拗促音、拗撥音

拗音也有長音、促音和撥音，規則同其他音一樣。

拗長音

拗長音：拗音的長音就是拗長音，如 しゃあ，きゅう，きょう。

◇ 平假名單詞練習

讀下列單詞，注意讀音和音調，長音標注下劃線。

しゃあ しゃあ		③◎	不介意
じゃあ じゃあ		①	嘩嘩地 (下雨)
きゅう けい	[休憩]	◎	休息
きゅうさい	[救済]	◎	救濟
ぎゅうにく	[牛肉]	◎	牛肉
しゅうえき	[収益]	◎①	收益
れんしゅう	[練習]	◎	練習
じゅうし	[重視]	①◎	重視
ちゅうかん	[中間]	◎	中間
にゅうかく	[入閣]	◎	進入內閣
りゅういき	[流域]	◎	流域
きょう	[今日]	①	今天
きょうしつ	[教室]	◎	教室
きょうぎ	[協議]	①	協商
きょうじゅ	[教授]	①◎	教授
ぎょうぎ	[行儀]	◎	舉止

ていきょう	[提供]	◎	提供
ぎょうじ	[行事]	①◎	活動，儀式
じゅぎょう	[授業]	①	上課
しょうぎょう	[商業]	①	商業
しょうりゃく	[省略]	◎	省略
しょうかい	[紹介]	◎	介紹
しゅしょう	[首相]	◎	首相
じょうしゃ	[乗車]	◎	乗車
ちょうさ	[調査]	①	調査
にょうぼう	[女房]	①	老婆
ひょうおん	[表音]	◎	注音
びょうきん	[病菌]	◎	病菌
みょうさく	[妙策]	◎	妙策
りょういき	[領域]	◎	領域
りょうきん	[料金]	①	費用
りょうり	[料理]	①	飯菜

◇ 片假名單詞練習

讀下列單詞，注意讀音和音調。

チャーミング	[charming]	①	迷人的
シャープ	[sharp]	①	銳利
ジャーナル	[journal]	①	報紙雜誌
ヒューマン	[human]	①	人類的
ピューマ	[puma]	①	美洲獅
ビューロー	[bureau]	①	局、部
ニュー	[new]	◎	新的
ミュージック	[music]	①	音樂
ショー	[show]	①	演出，節目

| チョーク | [chalk] | ① | 粉筆 |
| フォーク | [fork] | ① | 餐叉 |

拗促音

拗促音：拗音的促音是拗促音。

◇ 平假名單詞練習

讀下列單詞，注意讀音和音調。

きゃっか	［脚下］	①	腳下
きゃっかん	［客観］	◎	客觀
ぎゃっきょう	［逆境］	◎	逆境
しゃっきん	［借金］	③	借錢
じゃっかん	［若干］	◎	若干
ちゃっか	［着荷］	◎	到貨
ちゃっこう	［着工］	◎	開工
ひゃっか	［百科］	①	百科
ひゃっかてん	［百貨店］	③	百貨店
ひゃっかじてん	［百科事典］	④	百科辭典
ひゃっぱつひゃくちゅう	［百発百中］	◎	百發百中
りゃっき	［略記］	◎①	簡要記述
ぎゅっと		◎①	緊緊地（按住）
しゅっこく	［出国］	◎	出國
しゅっぱん	［出版］	◎	出版
じゅっさく	［述作］	◎	著作
じゅっこう	［熟考］	◎	仔細考慮
きょっかい	［曲解］	◎	曲解
ぎょっと		◎	大吃一驚

しょっけん	［職権］	◎	職權
ちょっけい	［直径］	◎	直徑
ひょっと		◎①	忽然
りょっか	［緑化］	◎	綠化

◇ 片假名單詞練習

讀下列單詞，注意讀音和音調。

シャッター	[shutter]	①	快門
ジャッキ	[jack]	①	千斤頂
チャック	[chuck]	①	拉鏈
リュックサック	［德 rucksack]	④	（登山）背包
ジョッキ	[jug]	①	大啤酒杯
チョッキ	[jaque]	◎	西裝背心

拗撥音

拗撥音：拗音的撥音就是拗撥音。

◇ 平假名單詞練習

讀下列單詞，注意讀音和音調。

ちゃんぽん	①		混合
ちゃんばら	◎		武打
ちゃんと	◎		規規矩矩
ちゃんちゃらおかしい	⑦		可笑極了
しゅんかしゅうとう	［春夏秋冬］	①	春夏秋冬
しゅんかん	［瞬間］	◎	瞬間
じゅんじょ	［順序］	①	順序

じゅんび	［準備］	①	準備
ひょうじゅん	［標準］	◎	標準
ちょんぎる		③	（隨便）砍

◇ 片假名單詞練習

讀下列單詞，注意讀音和音調。

キャンセル	[cancel]	①	解（約）
ギャング	[gang]	①	強盜
ジャングル	[jungle]	①	密林
シャンプー	[shampoo]	①	洗髮水
チャンス	[chance]	①	機會
チャンネル	[channel]	◎①	頻道
ミャンマー	[Myanma]	①	緬甸

◇ 句子練習

聽説下列句子，注意讀音和語調。

1. 今日は暑いですね。　　　　　　今天真熱啊。
2. 学校が教室を提供します。　　　學校提供教室。
3. 松下さんが病気で入院しました。　松下因病住院了。
4. みんながミュージックを聴きます。　大家聽音樂。
5. これは客観的な条件です。　　　這是客觀條件。
6. 貨物が着荷しました。　　　　　貨物已經運到了。
7. 先生が百科事典を買いました。　老師買了百科辭典。

8. この商品が国家の 標準 に達しました。

　　　　　　　　　　　　　這種商品達到了國家標準。

9. 甲：お誕生日おめでとうございます。生日快樂。

　　乙：ありがとうございます。謝謝。

10. 甲：桜がもう咲いたよ。櫻花已經開了呢。

　　乙：あっ、そう、来週花見に行きましょう。

　　　啊，是嗎，那下週去賞花吧。

◇ 綜合練習

1. 辨音練習。比較練習以下拗音與拗長音。

| しゃ［社］　①公司
しゃあしゃあ③◎ 不介意 | じゃ［蛇］　　① 蛇
じゃあじゃあ① 嘩嘩地 |

| ほしゅ　［保守］① 保守
ほしゅう［補習］◎ 補習 | きしゅ　［騎手］② 騎手
きしゅう［奇襲］◎ 奇襲 |

| たいちょ　［大著］① 巨作
たいちょう［退潮］◎ 退潮 | めいしょ　［名所］◎ 名勝
めいしょう［名称］◎ 名稱 |

| れっきょ　［列挙］①◎ 列舉
れっきょう［列強］◎ 列強 | おうじょ　［王女］① 公主
おうじょう［往生］① 喪命 |

ゅ、ょ的拗長音比較練習。

| かいきゅう［懐旧］◎ 懷舊
かいきょう［懐郷］◎ 思鄉 |

| かいちゅう［懐中］◎ 懷中
かいちょう［会長］◎ 會長 |

| ほしゅう［補修］◎ 修補
ほしょう［保証］◎ 保證 |

拗音、拗促音比較練習。

| しゃかい　［社会］① 社會
しゃっかん［借款］◎ 借款 |

$\begin{cases} しゅしん & [主審]◎ 主裁判 \\ しゅっしん & [出身]◎ 籍貫 \end{cases}$

拗音、拗撥音比較練習。

$\begin{cases} じゃけん & [邪險]　①刻薄 \\ じゃんけん & [じゃん拳]③◎ 猜拳 \end{cases}$

$\begin{cases} しゅえい & [守衛]　◎ 門衛 \\ しゅんえい & [俊英]◎ 俊傑 \end{cases}$

2. 聽寫練習。聽錄音，把括號內缺少的平假名寫在橫線上。

① 祖母が病気に罹かった。　　祖母生病了。　　＿＿＿＿＿

② 祖父が流感に罹かった。　　祖父感染了流感。＿＿＿＿＿

③ 出国するにはビザが必要だ。出境必要有簽證。＿＿＿＿＿

④ 百貨店で服を買う。　　　　在百貨商店買衣服。

＿＿＿＿＿

⑤ 男女が平等である。　　　　男女是平等的。　＿＿＿＿＿

◇ 句型練習

用替換詞替換句中的劃線詞。

じゅう	(10)	にじゅう	(20)
さんじゅう	(30)	よんじゅう	(40)
ごじゅう	(50)	ろくじゅう	(60)
ななじゅう	(70)	はちじゅう	(80)
きゅうじゅう	(90)	ひゃく	(100)

甲：　小包の重さは何キロまで大丈夫ですか。

　　　郵包的重量可以到多少公斤呢？

乙：　小包の重さは <u>10</u> キロまでです。

　　　郵包的重量可以到 10 公斤。

第十三章
行段綜合練習

你現在是否可以按照行、段背下 50 音圖呢？這很重要哦，因為日語的語法和它很有關係。下面我們來做行段練習。

一、在橫線上寫出與所給動詞詞尾同行い段的假名。

1. 行く。　会社へ行_____ます。　　去公司。
2. 泳ぐ。　三キロ泳_____ました。　游了 3 公里。
3. 指す。　傘を指_____ます。　　撐傘。
4. 待つ。　駅で待_____ます。　　在車站等待。
5. 死ぬ。　死_____ました。　　　死了。
6. 選ぶ。　代表を選_____ます。　選拔代表。
7. 飲む。　お茶を飲_____ます。　喝茶。
8. 売る。　絵を売_____ます。　　賣畫。
9. 歌う。　歌を歌_____ます。　　唱歌。

二、在橫線上寫出與所給動詞詞尾同行あ段的假名。

1. かく。　絵をか_____ないでください。　請不要畫畫。
2. 泳ぐ。　泳_____ないでください。　　請不要游泳。

3. 消す。電気を消＿＿＿＿ないでください。

請不要關上燈。

4. 立つ。席を立＿＿＿＿ないでください。　請不要離席。

5. 死ぬ。死＿＿＿＿ないでください。　　　請不要死。

6. 叫ぶ。大きな声で叫＿＿＿＿ないでください。

請不要大聲叫。

7. 飲む。酒を飲＿＿＿＿ないでください。　請不要喝酒。

8. 座る。ベンチに座＿＿＿＿ないでください。

請不要坐在長椅上。

9. 言う。悪口を言＿＿＿＿ないでください。　請不要罵人。

三、在橫線上寫出與所給動詞詞尾同行え段的假名。

1. 行く。　行＿＿＿＿ます。　　　　　　能去。

2. 泳ぐ。　泳＿＿＿＿ます。　　　　　　會游泳。

3. 話す。日本語で話＿＿＿＿ます。　　　會説日語。

4. 待つ。駅で待＿＿＿＿ます。　　　　　會在車站等。

5. 呼ぶ。医者を呼＿＿＿＿ません。　　　不能請醫生。

6. 飲む。この薬を飲＿＿＿＿ません。　　不能吃這藥。

7. 曲がる。右に曲が＿＿＿＿ません。　　不能向右轉。

8. 歌う。歌を歌＿＿＿＿ません。　　　　不會唱歌。

四、在橫線上寫出與所給動詞詞尾同行お段的假名。

1. 書く。はがきを書＿＿＿＿うと思います。我想寫明信片。

2. 急ぐ。道を急_____うと思います。　我想趕路。

3. 出す。手紙を出_____うと思います。我想寄信。

4. 持つ。荷を持_____うと思います。　我想拿行李。

5. 遊ぶ。公園で遊_____うと思います。我想在公園遊玩。

6. 休む。会社を休_____うと思います。我想向公司請假。

7. 折る。花を折_____うと思います。　我想摘花。

8. 買う。 本を買_____うと思います。　我想買書。

語吧　常用日語文章體、口語體詞彙對照

文章體	口語體	
など [等]	なんか [何か]	之類
やはり [矢張り]	やっぱり	果然
すこし [少し]	ちょっと	稍微
しかし [併し・然し]	でも	然而
よう [樣]	みたい	像……那樣的
さまざま [樣樣]	いろいろ [色色]	各種各樣
まったく [全く]	ぜんぜん [全然]	完全
おそらく [恐らく]	たぶん [多分]	大概
どちら	どっち	哪一個
このような	こんな	這樣 (的)
～や～など	～とか～など	……啦……甚麼的

第十四章

音變現象 🎧12

第一節　送氣音與不送氣音

　　か行、た行、ぱ行假名在詞中或詞尾時，清輔音習慣上讀作不送氣音，也稱作濁化。我們在前面學習過。

　　送氣音、不送氣音的區別在於雖然兩者聲帶都不振動，但送氣音送氣強，拿一張紙放在嘴前會發現紙張被吹動，而不送氣音送氣弱。

　　不送氣音和濁輔音的區別在於雖然兩者都不送氣，但不送氣音仍為清音，聲帶不振動，而濁輔音聲帶振動。實際上不送氣的 k, t, p 相當於漢語的 g, d, b，因為聲帶不振動，所以比濁輔音要輕。是否送氣不影響詞義，只是為了讀音方便、好聽。

　　下面我們來進行送氣音、不送氣音、濁輔音比較練習。

かんえい　［官営］◎	政府經營
かんか　　［感化］①	感化
かんがえ　［考え］③	想法

こうい　　［好意］①	好意
いこう　　［意向］◎	打算
いご　　　［以後］①	以後

たいいくかん［体育館］④　　　體育館
かんたい　　　［款待］　◎　　　款待
かんだい　　　［寬大］　◎　　　寬大

つうしん　　　［通信］◎　　　　通信
きょうしつ［教室］◎　　　　　　教室
つづく　　　　［続く］◎　　　　繼續

てはい　　　　［手配］　①　　　籌備
はじめまして［初めまして］④　初次見面
はで　　　　　［派手］　②　　　華美

としうえ　　　［年上］◎　　　　歲數大
たとえ　　　　［譬］　②　　　　比喻
たどたどしい　　　　⑤　　　　　蹣跚的

パーティー　　［party］　①　　聚會
デパート　　　［department］②百貨商店
プライバシー［privacy］②　　　私生活

プール　　［pool］①　　　　　　游泳池
かんぷう［寒風］③◎　　　　　　寒風
ふうぶつ［風物］①　　　　　　　風景

ぽっかり　　　　　　③　　　　　輕飄
ほっぽう［北方］　◎　　　　　　北方
ザボン　　［葡zamboa］◎①　　　柚子

第二節　鼻濁音

　　が行假名在詞中、詞尾時，按照傳統東京音應讀鼻濁音，我們在が行的學習中已經學過。が行讀鼻濁音後就不容易和不送氣音相混淆了。

　　注意不要把鼻濁音和あ行、な行假名混淆。現在我們來比較練習。

$\begin{cases} \text{かがく} \quad [科学] ① 科學 \\ \text{かない} \quad [家內] ① 妻子 \\ \text{かいあく} [改悪] ◎ 改壞 \end{cases}$ $\begin{cases} \text{かぎ} [鍵] \quad ② 鑰匙 \\ \text{かに} [蟹] \quad ◎ 螃蟹 \\ \text{かい} [甲斐] ◎ 價值 \end{cases}$

$\begin{cases} \text{きぐ} \quad [器具] ① 器具 \\ \text{きぬ} \quad [絹] \quad ① 絲綢 \\ \text{きうん} [気運] ① 趨勢 \end{cases}$ $\begin{cases} \text{きげん} [期限] ① 期限 \\ \text{きねん} [紀念] ◎ 紀念 \\ \text{きえん} [気炎] ◎ 氣焰 \end{cases}$

$\begin{cases} \text{すごい} \qquad\qquad ② 了不起 \\ \text{すのもの} [酢の物] \quad ◎ 醃漬食品 \\ \text{すえおく} [拠え置く] ◎③ 安置 \end{cases}$

　　當然，在日本，不是所有的地方都讀鼻濁音，北關東、西日本等地不發鼻濁音，而且現在的一種趨勢認為鼻濁音比較過時，所以很多人不讀鼻濁音。

第三節　元音的清化

　　我們知道，讀元音時，聲帶振動，但當元音 [i]、[ɯ] 出現在兩個清輔音中間，且讀低調時會出現元音清化現象，也稱元音的無聲化，即保留元音的口型和音長，但聲帶不振動。如：きた②，き [ki] 的元音 [i] 位於清輔音 [k] 和 [t] 之間，且為低音調，則發生清化。語速越快，元音清化越明顯。元音清化的具體規則如下：

　　1. 當い段、う段清音假名（即き、く、し、す、ち、つ、ひ、ふ、ぴ、ぷ、しゅ）出現在か行、さ行、た行、ぱ行假名前，且為低讀音調時元音清化，若出現在高讀音調時則不發生清化。下面我們來體會元音的清化。

　　讀下列詞、句，發生元音清化的假名標注彩色。

きた［北］	②北	くつ［靴］	②鞋
しか［鹿］	②鹿	すこし［少し］	②少量
ちから［力］	③力氣	つくえ［機］	◎桌子
ひとで［人手］	◎幫手	ふかい［深い］	②深的
ぴかぴか	②閃閃發光	しゅほう［手法］	◎技巧

年をとりました。　　　　　上了年紀。
李さんは保母でした。　　　小李以前是保育員。

　　2. 當い段、う段清輔音假名出現在詞、句末且為低讀音調時也常發生元音清化。

　　讀下列詞、句，發生元音清化的假名標注彩色。

あき［秋］　　①　秋天　　　　かく［書く］　　①　寫

かし［歌詞］　①　歌詞　　　　はなす［話す］②　説話

そち［措置］　①　措施　　　　たつ［建つ］　　①　建，蓋

あさひ［朝日］①　朝陽　　　　そふ［祖父］　　①　祖父

かんぷ［還付］①　歸還　　　　へんぴ［辺鄙］①　偏僻

ほしゅ［保守］①　保守

駅^{えき}はここです。　　　　　　車站在這裏。

会議^{かいぎ}があります。　　　　有會議。

◇ 比較練習

元音不清化與清化比較練習。

[はなし［話］　　③ 談話　　　[ふし［父子］① 父子
[かし　［歌詞］① 歌詞　　　　[ふし［節］　② 地點

[きのう［昨日］② 昨天　　　　[くび［首］◎ 脖子
[きかい［奇怪］② 奇怪　　　　[くち［口］◎ 嘴

[すで　［素手］①② 空手　　　[しゅりゅう［主流］◎ 主流
[すてき［素敵］◎ 極漂亮　　　[しゅこう　［首肯］◎ 贊同

第四節　其他音變現象

口語中，為了強調或說話省力，日語還有語音加、減、融合等音變現象，這些變化主要存在於非正式場合，主要有：

一、音素的增加。口語中，為了強調會增加音素或音拍，常見的有：

1. 元音的延長。在音拍上多了一個長音，我們用“ー”表示如：すごい！→ すごーい！真了不起啊！

2. 輔音的延長。把音拍中的輔音拉長，使形式上增加一個撥音或促音，如：

余まり → あんまり（過分）やはり → やっぱり（果然）

3. 感歎詞元音延長，或增加促音，或因為強送氣而增加摩擦音 [h]。如：あ → ああ，あっ，は（はあ）

二、音素的縮減。口語中，為了說話方便和省力，會出現音素減少的情況，常見的有：

1. 感歎詞、連體詞為了強調而音拍脫落，如：
まったく，もう！　→ ったく，もう！
そんなことないよ！→ んなことないよ！

2. 音素或音拍脫落。已成為固定格式的主要有：
—ている→ —てる　　　—ていく→ —てく
—ていって→ —てって　—ていない→ —てない
如：寝ている → 寝てる

3. 音素脫落後引起音節重組，如“ておく”中，て [te] 的元音 [e] 脫落，剩下輔音 [t] 與隨後的元音お [o] 重組成為と [to]，於是“ておく”縮減為“とく”。已成為固定格式的縮減形式主要有：

―ておく → ― とく　　　 ―でおく → ― どく

―てある → ― たる　　　 ―である → ― だる

―てあげる → ― たげる　 ―であげる → ― だげる

―てしまう → ― ちまう，ちゃう

―でしまう → ―じまう，じゃう

　如：書いておく → 書いとく

4. 音素脱落後，同部位的輔音相連成為促音，如：

三角形 → さんかっけい　　（く 的元音脱落，[k] 與後音け
　　　　　　　　　　　　　　　輔音相連，成為 [kke]，即促音）

洗濯機 → せんたっき　　 ―ていた→―てった

5. "の" 的元音脱落，剩下的輔音 [n] 延長成為撥音，如：

　―のだ → ―んで　　　 ―のです → ―んです

　―のところ → ―んとこ ―のうち → ―んち

　―もの → ―もん　　　 ―なの→ ―なん

　如：おいしいものね → おいしいもんね

6. "ら" 行音受 "な" 行音影響成為撥音，如：

　―らない → んない　　 ―りない → んない

　―れない → んない　　 ―るの → んの

　如：わかってるの → わかってんの

三、音素融合。音素受前後音影響，發音改變。常見的有：

1. 元音 [ɑ] 被 [e] 同化。如：おまえ［お前］ → おめえ

2. 元音 [ɑ] 和 [i] 相互同化融合為 [e]，為了保持與原詞音拍
相等，融合後延長一個音拍。如：たかい［高い］ → たけえ

3. 元音 [o] 和 [i] 相互同化融合為 [e]，為了保持與原詞音拍
相等，融合後延長一個音拍。如：

　おもしろい［面白い］ → おもしれえ

4. 拗音直音化。常見於數字 "十" 後出現促音的情況，如：

　じゅっぷん［十分］ → じっぷん

　　5. 融合減音。這種減音是經過音素脱落、語音同化等過程後發生的，如"ては"中，は的輔音脱落，剩下 [ɑ] 後，て [te] 被同化為ち [tʃi]，之後 [i] 音脱落，ち的輔音 [tʃ] 與元音 [ɑ] 結合，成為拗音"ちゃ"。這類變化常見的有：

　　　　-ては → -ちゃ　　　　　-では → -じゃ

　　　- なくては（いけない）→ なくっちゃ

　　　-でしまう → -じまう，-じまって，

　或-じゃう，-じゃって

　　　-けば → -きゃ，りゃ　　-ければ → -きゃ，けりゃ

　　　それは → そりゃ　　　　こっちは → こっちゃ

　　　-という → -ちゅう，つう

　　　-というのは → -ってのは

　　　如：見てはだめだよ →見ちゃだめだよ

第十五章
句子語調、重音 🎧13
與省略

第一節　句尾的語調

　　句尾語調的升降變化體現說話人的語氣、意圖。日語的語調主要有升調、降調、平調。

　　一、升調：升調一般表示疑問、要對方確認、話未說完、勸誘、親切等。

1. 今何時ですか。　　　　　　　　現在幾點了？
2. お母さん、夕食に何を食べますか。媽媽，晚飯吃甚麼？
3. とても美しいですよ。　　　　　　非常漂亮噢！
4. 行く。　　　　　　　　　　　　　去嗎？
5. おいしい。　　　　　　　　　　　好吃嗎？

　　二、降調：降調主要表示斷定、命令、責備、信服、理解、感歎或不滿、失望等。

1. だまって、食べるの。　　　　　　別說了，吃你的飯吧！

2. おいしい！　　　　　　　　　　　真好吃啊！

3. まったくそのとおりです。　　　　的確如此。

4. だめじゃないか。　　　　　　　　不是不行嗎？

5. しばらくですね。　　　　　　　　好久不見啊。

三、平調：平調主要表示客觀敍述、猶豫、心不在焉等。

1. 汽車が到着した。　　　　　　　　火車到了。

2. 甲：行ってきます。　　　　　　　我出去啦。

　　乙：行ってらっしゃい。　　　　走好。

3. 甲：どこへ行きましたか。　　　　去哪兒了？

　　乙：友達の家へ行きました。　　去朋友家了。

　　甲：そうですか。　　　　　　　是這樣。

四、句尾助詞か、ね，用不同的語調可表達不同的意思和感情。

か的升調表示疑問、確認對方觀點，降調表示責備、感歎，平調表示隨聲附和等。

1. そうですか。是嗎？（疑問）

2. そうですか。原來如此啊！（感歎）

3. そうですか。是這樣。（隨聲附和）

ね的升調表示要對方確認，降調表示讚歎等。

1. 甲：いい天気ですね。　　　　今天天氣真好啊。

　　乙：ええ、いい天気ですね。是呀，今天天氣真好啊。

2. 甲：この西瓜_{すいか}が新鮮_{しんせん}で美味_{おい}しいですね。

これ個西瓜很新鮮很好吃啊。

乙：そうですね。どんどん食_たべてください。

是啊。你多吃點兒。

第二節　句子的重音

句子的主要信息和需要強調的部分重讀。

重讀時，重讀部分的發音強一些，音調高低幅度拉大些，並將其後的成分讀得輕些，音調高低幅度縮小些。

一般來說，重讀部分主要有：

1. 疑問句的疑問詞，答句中的回答詞重讀。

① A：晩御飯、何を食べたいですか。　晩飯想吃甚麼？

　　B：魚料理を食べたいです。　　我想吃魚。

② A：今何時ですか。　現在幾點了？

　　B：今三時です。　　現在3點。

2. 判斷句、描寫句的謂語部分重讀。

① 海は青いです。　大海是藍色的。

② 私の妹です。　是我的妹妹。

3. 肯定敍述句中，賓語、補語部分重讀；主語中，一般帶有助詞が的主語重讀，帶有助詞は的主語不重讀，但當表示對比時重讀。

① 絵をかきます。　　畫畫。

② 小さい机を使います。　用一張小桌子。

③ 長城へ行きました。　去了長城。

④ 敵が来る。　　敵人來了。

⑤ 会議があります。　有會議。

⑥　コーヒーは飲みますが、茶は飲みません。

　　　　　　　　　　　喝咖啡，不喝茶。

4. 否定敍述句中，謂語部分重讀。

①　挿絵はまだ入れていません。　　插圖還沒加。

②　田中さんは歯医者ではありません。

　　　　　　　　　　　田中先生不是牙醫。

③　この薬を飲めません。　　不能吃這藥。

5. 定語、狀語部分常重讀。

①　これは贅沢な生活です。　　這是奢華的生活。

②　彼女は優しい母です。　　她是位溫柔的媽媽。

③　雨がとうとう止みました。　　雨終於停了。

④　まったくそうです。　　確實是這樣。

6. 句子的重音根據説話人的意圖會有不同。同一句話，説話人意圖不同，重音也不同，所傳達的感情、含義自然也不一樣。如：

①　私は、今日、東京へ行きます。（強調時間是今天）

②　私は、今日、東京へ行きます。（強調是去東京）

③　私は、今日、東京へ行きます。（強調是去，不是來）

第三節　句子的省略

日語口語中常會出現省略，以簡化語言，又體現含蓄的特點。

省略是日語的特點之一，掌握運用好它可以使你的口語省力又地道。當然省略要在語言環境與條件允許的情況下，不會產生歧義，不影響雙方理解。日語的省略主要有以下幾種形式。

一、省略句子成分

口語中常會省略主語、賓語、謂語和補語。

1. 甲：（あなたは）明日何をしますか。你明天要去幹甚麼？（省略主語"あなた"，因為不用説就知道是在問對方）

　　乙：会に参加します。參加會議。

　　（"明日"在回答時不用再重複，也不用説主語"私は"）

2. （ぼくを）助けてくれ。救命啊！（省略賓語）

3. （私は）田中です，どうぞよろしく（お願いします）。

　　我是田中，請多關照。（省略主語和謂語）

4. 塩を（私に）ください。請給我鹽。（省略補語）

二、説半句話

出於表達的含蓄或沒有必要説雙方都理解或已知信息，有時只説半句話。

1. 甲：英語がしゃべれますか。　　你會説英語嗎？

　　乙：ぜんぜん（できません）。　　一點都不會。

2. 今日はどこへ（お出掛けですか）。　今天出門去哪？

三、省略助詞

親密的交談中，助詞は、が、を、に（表方向時）、へ可省略。

1. それ（は）どう。那個怎麼樣？
2. 何(なに)（を）しているの。你在做甚麼？

四、短縮句

關係密切的人交談時，常使用短縮句，省略一些用語的尾部，常見的有以下幾種情況。

…てください	→	…て	請求（對方）做某事
…ないでください	→	…ないで	請不要……
…たらどうですか	→	…たら（升調）	要是……，怎麼樣？
…てはどうですか	→	…ては（升調）	假如……，怎麼樣？
…ばいいですか	→	…ば（升調）	如果……，行嗎？

以"…と"結束的句子，其後常省略"思(おも)います"、"思(おも)われます"、"考(かんが)えられます"、"言(い)われています"等。

以"…（な）の"結束的句子，其後省略了"です"、"ですか"。

1. 押(お)さないでね。不要按啊。

2. 言(い)えば。如果説好嗎？

3. 痛(いた)いの。（＝痛(いた)いんですか。）疼嗎？

4. 私(わたし)の　妹(いもうと)　なの。（＝私(わたし)の妹(いもうと)なんです。）

是我妹妹。（の前為名詞時，用なの）

第十六章

漢字的讀音

第一節　漢字的讀音

日語中，漢字的讀音有音讀和訓讀兩種。

音讀。以中國漢字音為基礎的音為音讀，所以有些音我們聽起來很熟悉。如：

てんき［天気］　　　　　わん［碗］

但因為漢字從中國傳入的時間、地點不同，所以音讀中吳音、漢音、唐音混雜在一起。吳音主要模仿南北朝時期中國江南地區的音，因為江南地區為吳國，所以稱為吳音；漢音是模仿唐朝時首都長安一帶的音，唐朝時稱中國為"漢"，所以引進的音稱"漢音"；唐音是模仿宋、元、明、清時的音，"唐"在這裏意為"中國"，不是唐朝的意思，唐音也稱宋音或唐宋音。日語中以漢音最多，吳音次之，唐音最少。

吳音：せけん［世間］，わん［碗］

漢音：じかん［時間］，しょか［初夏］

唐音：みんちょう［明朝］，せんす［扇子］

同樣的漢字可以有多種音讀音。如

間 → 世間［せけん］，吳音

　　　時間［じかん］，漢音

訓讀。漢字表意，而以相當意思的日語詞為讀音的音為訓讀。訓讀常用於一個漢字的讀音。如：

やま［山］　　　ほし［星］　　　　ひと［人］

一個漢字可以既有音讀又有訓讀，也可以有幾種音讀和訓讀音，但功能、含義會不一樣。如：

人 → 音讀：にん，じん。主要用於構詞。如：にほんじん［日本人］さんにん［三人］

　　　訓讀：ひと，可單獨使用或和平假名、其他漢字組詞。如：ひと［人］，こびと［小人］

業 → 音讀：ぎょう，ごう。ぎょう主要用於構詞，如：こうぎょう［工業］；ごう源自佛教用語，指"罪孽"，可單獨用，也可組詞，如：ざいごう［罪業］

　　　訓讀：わざ。可單獨用，或和平假名、其他漢字組詞，指"事情"，如：わざ［業］，はなれわざ［離れ業］

第二節 漢字的讀音變化

漢字在構詞後，原來的音會發生一些變化，常見的有：

促音變。兩個漢字組詞時，有時前字的最後一個音音變成促音。一個規律是如果前字最後一個音是"く或つ"，且"く"後為"か行、た行"音，或"つ"後為"か行、さ行、た行、は行、ぱ行"音，則常發生促音變；此外，前字末音為"き或ち"時，有時也發生促音變。比較：

こく［国］ → こくご［国語］
　　　　　　 こっか［国花］，こっこ［国庫］

ろく［六］ → ろくまい［六枚］
　　　　　　 ろっこ［六個］

りつ［立］ → りつあん［立案］
　　　　　　 りっとう［立冬］，りっぱ［立派］

せき［石］ → せきぞう［石像］
　　　　　　 せっこう［石膏］

いち［一］ → いちまい［一枚］
　　　　　　 いっこ［一個］

はち［八］ → はちまい［八枚］
　　　　　　 はっこ［八個］

連濁。兩個漢字組詞時，有時後字的第一個假名變成濁音或半濁音，稱為連濁。一個規律是如果後面漢字的第一個音是は行音，則一般發生連濁；還有如果前後詞為修飾和被修飾關係，則常發生連濁。如：

て［手］＋ かみ［紙］→ てがみ［手紙］
かげ［陰］＋ くち［口］ → かげぐち［陰口］

くち［口］＋ ひ［火］→ くちび［口火］

有時促音變和連濁同時發生，如：

はつ［発］＋ ひょう［表］→ はっぴょう［発表］

はち［八］＋ ひき［匹］→ はっぴき［八匹］

ろく［六］＋ ひゃく［百］→ ろっぴゃく［六百］

いち［一］＋ ほん［本］→ いっぽん［一本］

いち［一］＋ ふん［分］→ いっぷん［一分］

如果後字的第二個假名是濁音，則前音不發生連濁。如：

くち［口］＋ ひげ［髭］→ くちひげ［口髭］

如果兩個詞的關係不是修飾關係，則一般不發生連濁。如：

てん［点］＋ とり［取り］→ てんとり［点取り］得分
（動賓關係）

　　通音。如果前字的最後一個假名是“え段”假名，後字為訓讀音，則組合詞中，前字的“え段”假名變為“あ段”段名，稱為通音。發生通音的詞中，後字的第一個假名較多地發生連濁。如：

さけ［酒］＋ ば［場］→ さかば［酒場］

かぜ［風］＋ くち［口］→ かざぐち［風口］

うえ［上］＋ かみ［紙］→ うわがみ［上紙］

附　錄

練習答案

第二章 / 第一節 / 綜合練習 / 聽寫練習

1. 行（い）　2. 上（うえ）　3. 起（お）　4. 終（お）　5. 家（いえ），空（あ）
6. 絵（え），売（う）

第三章 / 第一節 / 綜合練習 / 聽寫練習

1. 顔（かお）　2.（かき）　3. 声（こえ）　4. 消（け）　5. 帰（かえ）
6. 明（あか）　7. 講（こう）　8. 駅（えき）

第二節 / 綜合練習 / 聽寫練習

1. 嗽（うがい）　2. 会議（かいぎ）　3. 午後（ごご）　4. 具合（ぐあい）　5. 陰（かげ）

第四章 / 第一節 / 綜合練習 / 聽寫練習

1. 酒（さけ）　2. 塩（しお）　3. 寿司（すし）　4. 咳（せき）　5. 傘（かさ）
6. 汗（あせ）　7. 誘（さそ）　8. 詩（し）

第二節 / 綜合練習 / 聽寫練習

1. 時間〔(じ)かん〕　　2. 風邪〔(かぜ)〕　　3. 御辞儀〔お(じぎ)〕　　4. 数〔(かず)〕

5. 政治家〔(せいじ)か〕　　6. 座〔(ざ)〕　　7. 自信〔(じ)しん〕　　8. 家族〔(かぞく)〕

第五章 / 第一節 / 綜合練習 / 聽寫練習

1. 歌〔(うた)〕　　2. 手〔(て)〕　　3. 都合〔(つごう)〕　　4. 年〔(とし)〕　　5. 地下鉄〔(ち)か(てつ)〕

6. 時計〔(とけい)〕　　7. 弟〔(おとうと)〕　　8. 口〔(くち)〕

第二節 / 綜合練習 / 聽寫練習

1. 出口〔(でぐち)〕　　2. 第〔(だい)〕　　3.（でき）　　4. 時々〔(ときどき)〕　　5.（どこ）

6. 踊〔(おど)〕　　7. 縮〔(ちぢ)〕　　8. 第一,〔(だいいち)〕（どうぞ）

第六章 / 第一節 / 綜合練習 / 聽寫練習

1. 仲〔(なか)〕　　2. 寝相〔(ねぞう)〕　　3. 寝付〔(ねつき)〕　　4. 喉〔(のど)〕　　5. 苦手〔(にが)て〕

6. 匂〔(にお)〕　　7. 犬〔(いぬ)〕　　8. 泣〔(な)〕　　9. 日〔(にち)〕　　10. 根〔(ね)〕

第七章 / 第一節 / 綜合練習 / 聽寫練習

1. 葉〔(は)〕　　2. 火〔(ひ)〕　　3. 蓋〔(ふた)〕　　4. 花〔(はな)〕　　5. 部屋〔(へ)や〕

6. 旗〔(はた)〕　　7. 船〔(ふね)〕　　8. 母〔(はは)〕　　9. 星〔(ほし)〕　　10. 人〔(ひと)〕

第二節 / 綜合練習 / 聽寫練習

1. 乾杯〔(かん)(ぱい)〕　　2.（てきぱき）　　3.（ぴくぴく）

4.（ぴかぴか）　　5.（ぺこぺこ）

第三節 / 綜合練習 / 聽寫練習

1. 歌舞伎（かぶき）　2. 鼾（いびき）　3.（べそ）　4. 帯（おび）

5. 黴（かび）　6. 保母（ほぼ）　7. 別々（べつべつ）　8. 防衛（ぼうえい）

9.（ぶ）　10.（ぼつぼつ）

第八章 / 第一節 / 綜合練習 / 聽寫練習

1. 道（みち）　2. 名刺（めいし）　3. 暇（ひま）　4. 迎（むか）　5. 目眩（めまい）

6. 物（もの）　7. 右（みぎ）　8. 枚（まい）

第九章 / 第一節 / 綜合練習 / 聽寫練習

1. 休（やす）　2. 夢（ゆめ）　3. 予約（よやく）　4. 余暇（よか）　5. 山（やま）

6. 泳（およ）　7. 横（よこ）　8. 勇気（ゆうき）　9. 愉快（ゆかい）　10. 山本（やまもと）

第十章 / 第一節 / 綜合練習 / 聽寫練習

1.（しばらく）　2. 昼（ひる）　3. 芥子（からし）　4. 記録（きろく）　5. 例（れい）

6. 理解（りかい）　7. 六（ろく）　8. 車（くるま）　9. 顔色（かおいろ）　10. 彼（かれ）

第十一章 / 第一節 / 綜合練習 / 聽寫練習

1. 皺（しわ）　2. 悪口（わる）くち　3. 合（あ）（わせ）　4. 沸（わ）

5. 終（お）（わり）　6. 居（お）

第十二章 / 第二節 / 綜合練習 / 聽寫練習

1. 大変（たいへん）　2. 財産（ざいさん）　3. 幸運（こううん）　4. 全然（ぜんぜん）

5. 専門（せんもん）　6. 木金（もくきん）　7. 現金（げんきん）　8.（みんな）

9. 午前 _{（ごぜん）}

第三節 / 綜合練習 / 聽寫練習
1. 学校 （がっこう）　2. 切符 （きっぷ）　3. 切手 （きって）　4.（こっち）
5. 雑誌 （ざっし）　6. 欠席 （けっせき）

第四節 / 綜合練習 / 聽寫練習
1. 医者 （いしゃ）　2. 歌手 （かしゅ）　3. 到着 （とう（ちゃく））　4. 旅館 （りょかん）
5. 三百 （さん（びゃく））　6. 邪気 （じゃき）　7. 着手 （ちゃくしゅ）　8. 努力 （どりょく）

第五節 / 綜合練習 / 聽寫練習
1. 病気 （びょうき）　2. 流感 （りゅうかん）　3. 出国 （しゅっこく）
4. 百貨店 （ひゃっかてん）　5. 平等 （びょうどう）

第十三章 / 行段綜合練習
一、1. き 2. ぎ 3. し 4. ち 5. に 6. び 7. み 8. り 9. い

二、1. か 2. が 3. さ 4. た 5. な 6. ば 7. ま 8. ら 9. わ

三、1. け 2. げ 3. せ 4. て 5. べ 6. め 7. れ 8. え

四、1. こ 2. ご 3. そ 4. と 5. ぼ 6. も 7. ろ 8. お

歌 曲

さくら
(櫻花)

| = E 4/4

6 6 7 - | 6 6 7 - | 6 7 i 7 | 6 7 6 4 - | 3 1 3 4 |

さ く ら　　さ く ら　　や よ い の　そ ら は　　み わ た す

3 3 1 7 - | 6 7 i 7 | 6 7 6 4 - | 3 1 3 4 | 3 3 1 7 - |

か ぎ ー り　　か す み か　く も ー か　　に お い ぞ　い ず ー る

6 6 7 - | 6 6 7 - | 3 4 7 6 4 | 3 - - 0 ‖

い ざ や　　い ざ や　　み に ゆ ー か　ん

歌詞大意：　櫻花啊，櫻花啊，陽春三月晴空下，一望無邊
　　　　　　是櫻花。

　　　　　　花如雲朵似彩霞，芳香無比美如畫。

　　　　　　去看吧，去看吧，快去看櫻花啊。

四 季 の 歌
（四季歌）

1 = D 4/4

```
3 3 2 1 1 7 | 6 6 6 - | 4 4 3 2 1 2 4 | 3 - - - |
```

1. はる を あいする　ひとは　　こころきよ きひ　と
2. なつをあいする　ひとは　　こころつよ きひ　と
3. あきをあいする　ひとは　　こころふか きひ　と
4. ふゆをあいする　ひとは　　こころひろ きひ　と

```
4 4 3 2 2 4 | 3 3 1 6 6 | 7 3 2 1 7 1 | 6 - - 0 |
```

ス ミレの　はな のよう な─　ぼ くのともだ　ち。
い わをく だく なみのようなぼくのちちお　や。
あ いをか たる ハイネのようなぼくのこいび　と。
ね きをと かす だいちのようなぼくの ははお　や。

歌詞大意： 1. 喜歡春天的人，是心地純潔的人，

　　　　　　 像紫羅蘭花一樣，是我的知心朋友。

　　　　　 2. 喜歡夏天的人，是意志堅強的人，

　　　　　　 像衝擊岩礁的海浪一樣，是我敬愛的父親。

　　　　　 3. 喜歡秋天的人，是感情深沉的人，

　　　　　　 像抒發愛情的海涅一樣，是我的心上人。

　　　　　 4. 喜歡冬天的人，是胸懷寬廣的人，

　　　　　　 像融化冰雪的大地一樣，是我親愛的母親。

ふるさと

（故 鄉）

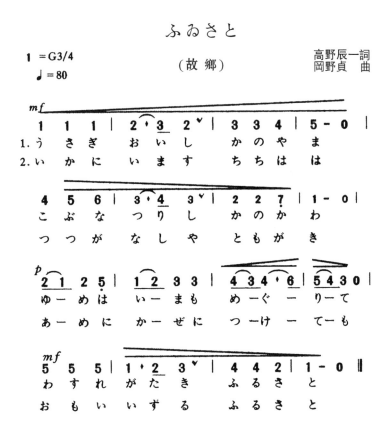

歌詞大意：1. 我追趕白兔，在那山上；

　　　　　　我釣起小魚，在那河邊；

　　　　　　直到今天這些事依然懷念，

　　　　　　家鄉的山和水永遠難忘。

　　　　2. 父親和母親，別來無恙？

　　　　　　童年的朋友，近況怎樣？

　　　　　　無論是下雨還是颱風，

　　　　　　總使我想起我的家鄉。

浜 辺 の 歌

（海濱之歌）

林古濱 詞
成田為三 曲

1 = ♭A 6/8

5 | 5 12 3 21 | 2 6 1 76 | 5 1 3 21 |
1. あ し た ー は ま べ ー を さ ー ま ー よ え ー
2. ゆ う べ ー は ま べ ー を も と ー お れ ー

2' 2 0 5 | 5 12 3 21 | 2 6 1 76 | 5 3 5 2 |
ば ー む か し ー の こ ー と ー ぞ し ー の ー ば る
ば ー む か し ー の ひ ー と ー ぞ し ー の ー ば る

1' 1 0 5 | 5 2 5 #2 | 5 3 6 | 6 4 1 2 | 5' 5 0 5 |
る か ぜ の お ー と よ く も の さ ま よ ー よ
る よ す る な ー み よ か え す な み よ ー つ

5 12 3 21 | 2 6 1 76 | 5 3 5 2 | 1' 1 0 ‖
す る ー な ー み ー も か ー い の い ろ も ー
き の ー い ー ろ ー も, ほ し の か げ も ー

歌詞大意：

1. 早晨太陽升起，徘徊在海邊，情不自禁想起他，往事湧
   心間。雲在天上漂浮，海風又響耳邊，海面上波濤間，
   貝殼時閃時現。

2. 傍晚時斜陽西下，徘徊在海邊，情不自禁想起他，往事
   湧心間。海浪啊湧到岸邊，又回到海裏面，天空中星星
   閃，月兒時隱時現。

俳句和短歌 🎧 14

俳句和短歌由 5 音節、7 音節的句子組成。我們知道日語除了拗音外，每個假名都獨立發音，且發音長度大致相同，都是一個音節。讀和歌能更好地體會這種節拍感。

短歌有五句，而俳句只有三句，上口好記，所以你也可以試着寫一寫啊。

俳句 1(作者：無村)

_な菜の_{はな}花や
_{つき}月は_{ひがし}東に
_ひ日は_{にし}西に。

參考譯文：
油菜花金黃，
東方已是明月升，
西天猶夕陽。

該俳句描寫了春日黃昏。

俳句 2(作者：松尾芭蕉)

_{ふるいけ}古池や
_{かわず}蛙 _と飛び_こ込む
_{みず}水の_{おと}音。

參考譯文：
古池塘，
青蛙躍水中，
水聲清。

該俳句描寫了池塘情趣。

短歌 1（作者：大伴旅人）

なかなかに
人<ruby>と<rt>ひと</rt></ruby>あらずば、
<ruby>酒壺<rt>さかつぼ</rt></ruby>に
なりにてしかも。
<ruby>酒<rt>さけ</rt></ruby>に<ruby>染<rt>し</rt></ruby>みなむ。

　　——《萬葉集》

參考譯文：
真到不如，
不再做人離凡塵。
做個酒壺，
那該是多麼好啊，
就知酒香。

該短歌反映了作者為情所
苦，想做一個只知道喝酒
不知道其他感情的酒壺該
多好啊。

短歌 2（作者：佚名）

わが<ruby>君<rt>きみ</rt></ruby>は
<ruby>千代<rt>ちよ</rt></ruby>に<ruby>八千代<rt>やちよ</rt></ruby>に
さざれ<ruby>石<rt>し</rt></ruby>の
<ruby>巌<rt>いはほ</rt></ruby>となりて
<ruby>苔<rt>こけ</rt></ruby>のむすまで

　　——《古今集》

參考譯文：
祝您長壽
延續千秋萬代。
小小石頭
變成巨岩，
青苔葱綠如壽長。

這是祝賀長壽的和歌。

短歌 3（作者：藤原定家）

桜<ruby>色<rt>さくらいろ</rt></ruby>の
<ruby>庭<rt>にわ</rt></ruby>の<ruby>春色<rt>はるかぜ</rt></ruby>
<ruby>踪<rt>あと</rt></ruby>もなし
<ruby>訪<rt>と</rt></ruby>はばぞ<ruby>人<rt>ひと</rt></ruby>の
<ruby>雪<rt>ゆき</rt></ruby>とだに<ruby>見<rt>み</rt></ruby>む

—— 《新古今集》

參考譯文：
櫻花粉紅
春風拂過庭院。
櫻花紛紛落無蹤
來人只見到
雪花晶瑩。

這是一首描寫櫻花佳期短
暫，風過即落的短歌。

開心一刻

<ruby>奥<rt>おく</rt></ruby>さんが，<ruby>子供<rt>こども</rt></ruby>を<ruby>抱<rt>だ</rt></ruby>いて，<ruby>表<rt>おもて</rt></ruby>でひなたぼっこをしていますと，<ruby>道<rt>みち</rt></ruby>を<ruby>通<rt>とお</rt></ruby>る<ruby>人<rt></rt></ruby>が，<ruby>子供<rt>こども</rt></ruby>を<ruby>指差<rt>ゆびさ</rt></ruby>し，「ほんとに，この<ruby>子<rt>こ</rt></ruby>は，<ruby>東西南<rt>とうざいなん</rt></ruby>じゃなあ。」といって<ruby>通<rt>とお</rt></ruby>ってゆきました。

<ruby>奥<rt>おく</rt></ruby>さんは，<ruby>誉<rt>ほ</rt></ruby>められたと<ruby>思<rt>おも</rt></ruby>い，<ruby>嬉<rt>うれ</rt></ruby>しそうに<ruby>家<rt>いえ</rt></ruby>に<ruby>入<rt>はい</rt></ruby>ると，ご<ruby>亭主<rt>ていしゅ</rt></ruby>に<ruby>言<rt>い</rt></ruby>いました。「のうのう，おまえさん。どこの<ruby>人<rt>ひと</rt></ruby>か<ruby>知<rt>し</rt></ruby>らないが，この<ruby>子<rt>こ</rt></ruby>のことを，<ruby>東西南<rt>とうざいなん</rt></ruby>じゃと，とても<ruby>誉<rt>ほ</rt></ruby>めていかれましたぞ。」というと，ご<ruby>亭主<rt>ていしゅ</rt></ruby>，「<ruby>風呂<rt>ふろ</rt></ruby>にでも<ruby>入<rt>い</rt></ruby>れて，<ruby>表<rt>おもて</rt></ruby>へつれてでな。<ruby>東西南<rt>とうざいなん</rt></ruby>とは，<ruby>北<rt>きた</rt></ruby>ないということだぞ。」

　　參考譯文：

　　夫人抱着孩子在外面曬太陽，一個過路人手指着孩子說：
"這孩子真是東西南啊！"說完就走了。

　　夫人以為人家在誇獎孩子，高高興興地回家對丈夫說：
"喂，你瞧啊，有一個不知從哪裏來的人說這孩子是東西南，特
別誇獎他呢。"丈夫聽了後說："你帶孩子出去時，要先給他洗
洗澡啊。東西南，就是沒有北，這是說髒的意思啊。"

　　註：日語的"北<ruby>北<rt>きた</rt></ruby>ない（沒有北）"與"<ruby>汚<rt>きたな</rt></ruby>い（髒的）"同音。

商務印書館 📖 讀者回饋咭

　　請詳細填寫下列各項資料，傳真至2565 1113，以便寄上本館門市優惠券，憑券前往商務印書館本港各大門市購書，可獲折扣優惠。

所購本館出版之書籍：＿＿＿＿＿＿＿＿＿＿＿＿＿＿＿＿＿＿＿＿＿＿＿

購書地點：＿＿＿＿＿＿＿＿＿＿＿＿＿　　姓名：＿＿＿＿＿＿＿＿＿＿＿

通訊地址：＿＿＿＿＿＿＿＿＿＿＿＿＿＿＿＿＿＿＿＿＿＿＿＿＿＿＿＿

電話：＿＿＿＿＿＿＿＿＿＿＿＿＿＿　　傳真：＿＿＿＿＿＿＿＿＿＿＿

電郵：＿＿＿＿＿＿＿＿＿＿＿＿＿＿＿＿＿＿＿＿＿＿＿＿＿＿＿＿＿＿

您是否想透過電郵或傳真收到商務新書資訊？　1□是　2□否

性別：1□男　2□女

出生年份：＿＿＿＿＿年

學歷：1□小學或以下　2□中學　3□預科　4□大專　5□研究院

每月家庭總收入：1□HK$6,000以下　2□HK$6,000-9,999
　　　　　　　　3□HK$10,000-14,999　4□HK$15,000-24,999
　　　　　　　　5□HK$25,000-34,999　6□HK$35,000或以上

子女人數（只適用於有子女人士）　1□1-2個　2□3-4個　3□5個以上

子女年齡（可多於一個選擇）　1□12歲以下　2□12-17歲　3□18歲以上

職業：1□僱主　2□經理級　3□專業人士　4□白領　5□藍領　6□教師　7□學生
　　　8□主婦　9□其他

最多前往的書店：＿＿＿＿＿＿＿＿＿＿＿＿＿＿＿＿＿＿＿＿＿＿＿＿＿

每月往書店次數：1□1次或以下　2□2-4次　3□5-7次　4□8次或以上

每月購書量：1□1本或以下　2□2-4本　3□5-7本　2□8本或以上

每月購書消費：1□HK$50以下　2□HK$50-199　3□HK$200-499　4□HK$500-999
　　　　　　　5□HK$1,000或以上

您從哪裏得知本書：1□書店　2□報章或雜誌廣告　3□電台　4□電視　5□書評/書介
　　　　　　6□親友介紹　7□商務文化網站　8□其他(請註明：＿＿＿＿＿＿＿＿＿)

您對本書內容的意見：＿＿＿＿＿＿＿＿＿＿＿＿＿＿＿＿＿＿＿＿＿＿＿

＿＿＿＿＿＿＿＿＿＿＿＿＿＿＿＿＿＿＿＿＿＿＿＿＿＿＿＿＿＿＿＿＿

您有否進行過網上購書？　1□有　2□否

您有否瀏覽過商務出版網(網址：http://www.commercialpress.com.hk)？1□有　2□否

您希望本公司能加強出版的書籍：1□辭書　2□外語書籍　3□文學/語言　4□歷史文化
　　　　5□自然科學　6□社會科學　7□醫學衛生　8□財經書籍　9□管理書籍
　　　　10□兒童書籍　11□流行書　12□其他(請註明：＿＿＿＿＿＿＿＿＿＿＿)

根據個人資料「私隱」條例，讀者有權查閱及更改其個人資料。讀者如須查閱或更改其個人資料，請來函本館，信封上請註明「讀者回饋咭-更改個人資料」

香港筲箕灣
耀興道3號
東滙廣場8樓
商務印書館（香港）有限公司
顧客服務部收